AQUARIUS

AQUARIUS

AQUARIUS

AQUARIUS

每個人心中都有一座島嶼，
藉文字呼息而靜謐，
Island，我們心靈的岸。

烏鴉燒

高翊峰

【推薦序】

模糊世代的魔幻詩學

陳芳明／政大台文所教授

高翊峰小說出現時，一個新的文學時代於焉展開。相對於過去的現代主義或鄉土文學的歷史階段，高翊峰這世代所象徵的文學背景，反而還沒有找到確切的命名。在上世紀，威權統治的幽靈在島上徘徊許久，驅之不散，因此對文學創作產生巨大的影響。那段時期的作家，都有一個明確的抵抗或批判的對象。在特定的歷史條件下，國族、階級、性別的議題尤為鮮明。作家的筆尖，或多或少都指向牢不可破的權力支配。文學也許無需為某一種目的服務，但是在進行批判工作時至少會出現清楚的方向。因此在文學史上，會出現現代主義或鄉土文學的命名，都在彰顯每個世代的精神與風格。

跨進新世紀之後，威權體制已經消失，海島的歷史航行，朝向一個更開闊更遼遠的方位。高翊峰與他的世代不免會產生焦慮，因為反抗與批判的策略似乎已經變成過去的時尚。西方文學史在一九六〇年前後曾經出現所謂的「垮世代」（Beat Generation），無論稱之為失落的一代或抗議的一代，都正好可以定義那時代藝術家與作家的精神面貌。相形之下，台灣在進入一九八〇年代以後，伴隨著威權體制的式微，動員戡亂的終結，從前的許多批判典型逐漸遠逝。整個文學生態出現前所未有的變化，各種思想上、心靈上的禁忌也慢慢遭到剔除。尤其在全球化浪潮衝擊之下，各種藝術疆界都受到突破。高翊峰登上文壇時，就立即迎向一個沒有任何憑藉的開放社會。

對於這樣時代的到來，或許只能稱之為面貌模糊的世代。台灣社會以後現代來定位，或是以晚期資本主義來定義，似乎都顯得非常不恰當。台灣文壇出現8P時，似乎已經預告一個模糊世代正在成形，這八匹作家寫出的小說，被稱為新鄉土時，他們都感到不爽。至少這個名詞就無法為高翊峰量身訂做，他寫的確實是有關台灣的議題，但又不全然屬於台灣。如果說他們是政治不正確的世代，或許還勉強可以接受。對文學史而言，這當然是相當尷尬的一個時期。

在寫實主義時代，小說家非常相信文字可以反映現實。那段時期，感時憂國的情緒特別高漲，民族與社會議題流竄在許多作家的心靈。他們的文字表現淺顯易懂，意象極為透明，只要能夠喚起關懷意識，小說就已經完成它的任務。進入現代主義時期，作家開始進入被壓抑的無意識世界，在夢幻的文字裡，找到心靈的安頓。但是到達高翊峰的世代，寫實的或抽象的手法再也不能使他們感到滿足。他們有許多憤怒與不滿，卻又找不到具體目標可以發洩。他們身處一個跨國時代，每一個城市都可以停留，卻又不能稱之為家。他們非常自由，在內心底層又覺得不自由。所有的價值觀念，都是相剋相生，也都難以企及。他們永遠都有問題，卻又找不到答案。

就是在這樣的大環境裡，高翊峰的小說因此而誕生。他的長篇小說《幻艙》，可能是近年來極為難懂的作品。他必須寫出這樣的小說，否則不足以應付這個難懂的時代。在同一個時期，他又寫出短篇小說集《烏鴉燒》。無論是長篇或短篇，他嘗試使用詩意的語言寫出失意的生命。在詩意與失意之間，他以靈巧的文字，幻化的想像，構成故事的內容。沒有起點，也沒有終點，卻釀造奇特的感覺引渡給讀者。在小說裡，很難找到特定的城市空間，甚至也很難找到小說人物的面貌表情。在敘述過程中，他只是創造一種感覺，一種氣氛，一種情緒，真正的意義都在故事完成後引發更多的聯想。

收入的十篇小說中，最短的一篇是〈光與鴿子的對話〉，故事中的文字晶瑩剔透，美得近乎詩。在短短的敘述裡，「光」是年老的男人，「鴿子」是年少的女性。從兩人的對話中，似乎可以推測是一對父女，卻又不是那麼確切。在獄中二十年的男人，出來後世界已完全改變。妻已遠走海外，而女兒也正要去投靠她。整篇小說的色調極為冰涼，隱約中卻又有定義不明的情感繫在一起。許多意象雜沓浮現，警車，路燈，廣場，打火機，彷彿明滅在故事裡迂迴穿梭。在閱讀時，比較像貼近一篇散文，或掌握一首詩，但又充滿小說的味道。高翊峰的文字功力，在此發揮得淋漓盡致。

他看到的社會與常人全然兩樣，因此在小說裡從未出現熱鬧或熱情的人生。小說空間裡流動著冷酷，疏離，淡漠，遙遠，而這種感覺只有獨具慧眼的作家，才能體會。而這樣的慧眼，來自他的一顆童心。獲得「自由時報」首獎的〈狗影時光〉，表面上好像是在討論安樂死，其實他反覆求索的是生命中的安與樂，與死亡毫無關係。故事中的大廈管理員，每天可以看到住戶成員的進出，他矚目的對象卻是狗與小孩。其中最大的暗示，莫過於狗的倒影。只有管理員的心眼，可以看見大廳地面磁磚，囚禁著一隻亟待掙脫的狗。牠，其實就是管理員內心的深層願望。他提出安樂死來換取辭職，無非就是抗拒單調重複的生活循環。人生原就是一座牢籠，就像狗要掙脫頸圈那樣。大廳裡的狗影，正是管理員的鏡像。

書中每篇小說的題目，如果不是動物，便是昆蟲，除了前面提到的兩篇小說，還包括〈綠金龜的模仿犯〉、〈飛機蟻隊〉、〈博士的魚〉、〈蚊子海〉、〈烏鴉燒〉、〈海羊〉、〈藍色的貓〉、〈假面昆蟲物語〉。這些其實都是成人的童話故事，可以透視許多世故者無法察覺的世界。其中〈博士的魚〉就是描寫一隻保麗龍的魚模型，在博士的精心修復之下，又獲得跳躍的生命，在社區游泳池洄游。故事裡出現的小女孩，便是魚起死回生的關鍵。因為好奇與愛心，整篇小說都活過來了。這種魔幻的書寫技巧，似乎點出一個祕密：只要相信，就可復活。這並不是宗教信仰，而是來自一顆反璞歸真的心。

主題小說〈烏鴉燒〉，寫的是辭掉工作的工程師，決定擺攤子賣鯛魚燒。這好像不可能發生的事件，然而在毫無夢想的社會，卻常常以奇異的形式發生。工程師選擇在原來的工廠外面做起攤販，顧客竟是來自原有的同事。這個事件本身充滿了反諷與譏刺，尤其他思慕的女同事變成他的顧客，荒謬之感似乎又鬆上一層怪誕。更怪誕的是，他看見一隻烏鴉不慎被汽車輾過，在路面血肉模糊，更與起奇怪念頭。他有意把「鯛魚燒」改造成「烏鴉燒」，同樣都是紅豆餡，只是模型別出一格。整篇小說都處在一個過程，但微妙而細緻描繪著工程師的心境變化。這段過程並未完成什麼，但是，未完成，才是當代社會上班族的真正完成。

虛虛實實的描寫，彷彿很不真切，卻是小說家具體到達的境界。高翊峰的文字往往把不可能的想像引流到故事裡，〈藍色的貓〉與〈海羊〉簡直把讀者帶入如夢似幻的詩境。有時故事情節好像出現荒謬怪誕，這時如果以讀詩的心情去領受，就會產生柳暗花明的效果。他早已放棄傳統小說的頭腰尾敘事結構，偏愛某一個中段，或集中某一個過程，讓文字自由去演繹推衍，總是讓讀者得到言外之意。每篇作品耽溺在小說的形式，但又不是停留在小說層面。有些段落，輔之以詩的聯想，故事不期然又會生出另一種意義。

高翊峰的世代，可能距離舊有的典範日漸遙遠。但這並不值得焦慮，因為他也正在建立新的典型。他的模糊世代，可能沒有那麼模糊；他的魔幻技巧，也許並不那麼魔幻。他創造出來的語式句法，對許多人而言，畢竟還很陌生。但是他的小說，確實是這時代的產物。就像七等生在六〇年代寫出的扭曲語言，未曾受到同世代讀者的青睞。半世紀過去之後，〈我愛黑眼珠〉卻已經升格成為一個時代的心靈典範。這裡無意把高翊峰與七等生相提並論，只是想強調新的時代已經開始擘造，而高翊峰則是追逐新語言的重要寫手。八匹作家確實開創了台灣文學史的新階段，他們帶來許多的憧憬與期待。高翊峰的生產力旺盛，更是令人引頸企盼。

2012.10.29　政大台文所

目錄

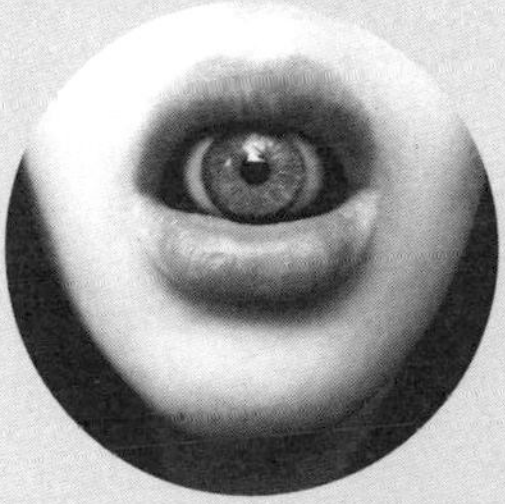

狗影時光

狗影時光

郵差將一疊郵件交給古伯，就跨上摩托車離開了。當他把信件分類歸檔後，也沒有留意到軟鐵地圖上少了一支飛鏢。十點左右，與以往非假日這個時間差不多，大廈的大廳沒有什麼人進出。古伯走到牆邊，從標示城市街道圖的軟鐵地圖上，摘下一支支顏色各異的磁鐵飛鏢。他默唸它們的名字，藍寶、黃狗……這時才發覺三支飛鏢中的紅色，玫瑰，怎麼不見了？古伯左看右看，和多年前發現綠色飛鏢不見時一樣，原地打轉、尋找，像隻一直想要咬住自己尾巴的狗。他沒有留意飛鏢支數，因為在投擲這一輪時又被那個「失眠等於睡著」的數學演算公式給困住。

醒著加上睡著，等於一天。

醒著加上失眠，等於一天。

醒著加上失眠等於醒著加上睡著。於是，失眠等於睡著。

這個公式寫於一張小劇場DM。褪成灰色的印刷文字，長出菌絲的腳。古伯從一疊老舊雜誌裡發現它，覺得這個公式有問題，卻說不出哪裡錯，便壓在櫃檯玻璃墊下保存，一晃眼二十多年了。這些年來，古伯沒有失眠問題，除了大廈老住戶陳教授深夜緊急送醫和三年前唯一一次逮捕了現行的竊盜犯，他在這櫃檯後方的管理員房間裡，每個夜晚都安穩好眠。

大廳方形大理石地磚，像一個個淨白的方盤子，每個白盤子各自裝著天花板上的水晶吊燈、牆上的歐陸風景畫，還有一個繞著櫃檯走的身影。倒映在地磚裡的古伯，一襲大賣場的黑色西裝褲，加上天涼時的素色長襯衫與天熱時的短襯衫，還有那兩件洗成淡藍色的工作背心，二十多年都沒改變。沒有哪一塊地磚覺得古伯是陌生人，但也沒有哪一塊白盤子為他托出那支紅色飛鏢，玫瑰。古伯甚至打開房間門往臥室探看了幾眼。只不過椰子床、小冰箱、帆布衣櫥，規規矩矩，沒有誰願意開口。

「怎麼不見了？」一聲音迅速掉落到某個發光的白色方盤子裡。他自己卻沒有聽見這句話。古伯走回櫃檯把助聽器掛上左耳，再回到軟鐵地圖面前。他拍拍背心上下左右的口袋，撲撲撲，瞬間在左耳裡大聲共鳴。古伯扳起了軟鐵地圖的下角邊緣，小心翼翼掀開咬緊牆面的雙面膠。利利裂裂。軟鐵地圖與牆壁一起張開嘴，說了好多年前一次住戶大會討論的事。

「大廳貼一張這樣的地圖，不太好看……」

「好像我們這個大廈都是支持那位候選人……」

「這只是一個休閒活動……」

「黃狗安樂死之後，古伯只有一個人，我們應該多為他著想……」

超過二分之一的住戶投票讓古伯保留這個市議員選舉時送的小贈品。此刻，隨著拉扯泛黃的雙面膠掀起一長條的白漆。斑駁下來的白漆與今年夏天粉刷的鵝卵石色漆，淡淡地格格不入。這片白牆裡出現了一個十字形的紅線。古伯伸手接觸它，從牆面微微隆起的銳利觸感畫過指心，像是摸到露出土表的骨骼。

「不可能吧？」古伯這會聽清楚自己的聲音了。紅色飛鏢的尖頭磁鐵，不像往常黏住地圖上的某個點，竟然穿過軟鐵鑲嵌到牆壁裡頭，只留下一小截玫瑰的屁股。

我看見徵兆了。古伯想起父親二十五年前說過的話。

那一年，安樂死法案被激烈討論，甚至引發植物人家屬集體走上街頭請願。他們抗議安樂死法案中最受詬病的基礎：申請者必須是有行為能力的「本人」。抗爭過後政府堅持該點，但另外擬訂植物人家屬生活津貼的補助條款。古伯的父親沒等到法案在立法機構三讀通過，便服下過量的安眠藥在床上微笑離世。原本喑啞的助聽器，自顧自地說起那位豢養博美狗的報社社長夫人。她在最近一次的住戶大會裡，請大家聊聊安樂死法案新增條例中的一項規定：「凡六十歲以下國民欲施行安樂死者，需提出生命不堪延續的相關證明。但無子嗣者，不在此限。」在延伸討論時，夫人特別提到這條新增條例的補充法條，「符合前條規定者，如有全職職務，需待職務接替人確認交接後，始得申請。」

夫人說，這段補充條文，正是安樂死法案的另一層法治精神。直到這一天，古伯還是不懂「另一層」的意義，但他對安樂死法案抱持敬意。

自動門緊閉著嘴，這一個鐘頭，大廳沒有人進出。被大廈居民共同領養的古伯，迅速將軟鐵地圖黏回牆上，並開始擔憂起職務接替人的事。完成午夜時分最後一趟巡邏，古伯依舊沒有想到有誰可以擔任這座大廈的管理員。躺上床時他握著手電筒，頻頻用筒身貼滾臉頰。陣陣冰涼在臉頰皮膚上反覆變溫。直到他俯瞰發現床上平躺的不是自己，而是正在微笑的父親，古伯才意識到整個房間都是夢做出來的。

隔天清晨，天色灰暗陰鬱，古伯將信件一一發送到住戶的信箱。同時，他將一早從地方法院網站下載的安樂死申請書填妥，並投入大廈管委會主委的信箱。入夜八點時，那位豢養博美狗的社長夫人，也是擔任十多年管理委員會的主委，牽著博美狗來到大廳。一出電梯，狗兒興奮活動四肢舒展身軀。淡棕色的長毛刷得整齊，高翹的尾巴像微風裡飄淨了碎花的蘆葦頭垂落細毛。牠跳進一格白方盤，馬上就看見地磚裡的另一隻博美狗。這隻倒映站立的博美狗，也抖了一身的興奮。古伯可以清楚看見牠腹部的白毛，一小截外露的肉色生殖器。牠低嚎追逐著牠，兩隻都在繞圈圈。一隻跳躍時，另一隻就跟牠拉出距離；其中一隻一落地站穩，八條細小腿，腳掌與腳掌就連在一起了。牠們繞圈圈，看來像是找東西，但都只是想要咬住彼此那根掃著毛風的尾巴。社長夫人沒有喝止反倒說，「這是第四隻美美了，不寵牠好像很難。」

夫人養過的三隻博美都叫美美，三次到流浪狗中心，古伯都陪著她。前往的路上夫人是開心的，但將博美帶回大廈後她就哭了，因為每一隻已經死去的博美。於是不論雌雄，夫人都叫牠們美美。美美終究沒有咬住另一隻博美的尾巴。電梯又吐出了一位男孩。夫人把遛狗鏈交給他時，美美興奮低嚎。男孩嘖嘖兩聲帶美美往外走，電動門一開男孩跨大步，美美也跳過門檻。這時古伯留意了倒映在地磚裡那隻博美，並沒有消失在門檻的另一邊。這一次，牠被留在大廳一格一格的白色盤子裡。牠對著門檻不時趴低前腳翹高屁股，吠，可是沒有聲音。夫人欲言又止轉身走向電梯，沒有再多說了。電梯張嘴叮了一口助聽器，古伯發了麻，耳洞生出靜電聲。他揪眼，疼得摘下助聽器，這瞬間陣陣神經質的狗吠從地磚裡傳來。他看看外頭，男孩已經把美美帶遠，重新戴上助聽器，狗吠聲瞬間被地磚表面薄薄的蠟光阻隔，消失在大廳。

一個鐘頭後，夫人反常地沒有下樓接美美。遛狗男孩飛快奔入大廳，拖著美美躍入電梯。地磚裡的博美狗沒跟上，又被擋在電梯外頭。接下來的整夜，這隻待在地磚裡的博美狗瘋了心在吠，古伯只好連睡覺都戴著助聽器。在這座大廈擔任管理員的二十多年來，古伯的聽覺像是兩朵乾燥狀況良好的鮮花，緩慢被濕氣萎縮。自從二十初歲使用助聽器後，他鮮少戴著睡覺。這一夜他因此聽見小浴室的馬桶咕嚕咕嚕清了十次喉管，數了七輛趕路汽車，演算「失眠等於睡著」可能錯誤點，也推論出「睡覺加上不睡覺的時間，等於一生」、「聽見聲音加上聽不見聲音的時間，等於一生」這類讓自己嗤笑的公式。他也在勉強闔上的眼瞼出現瀝青黑光時，盤轉著職務接替人的事。

不管天亮不亮，那隻不叫美美的博美狗在地磚裡倒立著往上踩著跑著，偶爾跺腳直到隔夜的遛狗時刻才又跟夫人的美美重新相遇，追逐彼此尾巴。這一晚，夫人把美美交給遛狗男孩，喚了古伯一起走進圖書室，列席臨時召開的管委會議。

「古伯先生可以告訴我們原因嗎？」

「什麼地方受到委屈？我們可以解決。」

「古伯上次休假是什麼時候？」

「各位委員，以我們大廈的居民數量，是不是可以再多申請一位管理員？」

幾位常任委員交叉談話，都沒有提及安樂死。圖書室的空調徐徐吹出舒服暖氣。空氣裡有茉莉花香精的芬芳。平日少話的古伯感到羞怯，支支吾吾，「先謝謝大家這二十多年來的照顧……我今年五十六歲，是很尷尬的年齡，還差四歲才能合法申請……我會盡快找到合適的職務接替人做好交接，不給大家麻煩。」

「我們無法確定你的母親是不是過世了，不是嗎？」

「不是需要什麼證明？」「不能再等幾年？」

「還有四年才六十，六十之後不是還有一筆退休金？你正常退休，我們可以另外申請管理員，你也不必擔心誰來接替。」

委員們又搶著插話，依舊小心避開了那三個字。古伯拉下背心拉鏈，未敞開又拉高到頂端。上下來回了兩、三次終於開口，「我想在申請書上，以不能勝任大廈管理員、又沒有其他技能可以謀生當理由。」

「誰說你無法勝任我們管理員的工作？」

「古伯，這理由行嗎？」

「對啊，誰要佐證這個？」

「這個……希望夫人能夠幫忙。」

古伯說完後的幾秒，圖書室幾乎靜謐，他只聽見那隻寄居在日光燈架後一整年的壁虎正在彈舌吹氣。夫人望著古伯時，天花板上沒有飛蚊小蟲被吞食。她比他長幾歲，外貌卻年輕十歲。當初去孤兒就業輔導機構選擇領養古伯的人也是她。

「不管如何，我們都得找到合適的接替人……這樣才合法。」夫人說完後，幾位常任管委都低下頭沉思，只有古伯仰高了下顎在點頭，臉上還帶著微笑。他順手調整耳骨窩的助聽器，接收夫人深沉陰柔的回音。

「古伯，我們不確定這種證明理由會不會被核准，等你找到接替人，我們再討論。人選就由你來找。不過，你希望的時間是什麼時候？」

「如果接替的人選順利，我想在明年春分。那天，天氣應該不會太熱。夫人，妳知道，我一直都怕流汗……」古伯說完憨憨笑開，夫人和其他委員也發出笑聲。

古伯申請安樂死的事很快就傳遍大廈內八十多戶的居民。這並不是這幢大廈第一次有人提出安樂死的申請。那次緊急送醫的陳教授，醫生診斷為輕度中風可能不良於行。在兒女趕到醫院之前，他意識清楚在申請書上簽名。一位患有肌肉萎縮病變的年輕林爸爸，也在小孩的祝福下注射了安樂死藥劑。但大家對於每天會起立微笑打招呼、目送住戶進出的古伯，提出安樂死申請完全無法理解，甚至還出現自我結束生命有可能是遺傳的猜臆。

每個月十五號傍晚，古伯依照職務規章執行室內溫水游泳池的清潔。他將一瓶消毒液與一瓶可以抑制苔蘚生長的酵素，倒入十米見方的溫水游泳池。在抽水幫浦進行淨水循環作業時，一位穿著紅色絨毛運動外套的十歲女孩童，送給古伯一張明信片。上頭的字跡拼湊著祝福：我跟爸爸媽媽都會想念您的。古伯一直很喜歡這種手寫的卡片與信件，於是他放棄去市府就業協助中心找職務接替人，決定自己應徵合適者。

這天晚上，他抓著以黃狗命名的黃色飛鏢，在尖頭鏢尾巴呵口氣，說給助聽器聽，「不要離我們這區太遠。」

黃狗在地磚上拉出一條虛線站立在Ｊ區街廓。飛鏢扎實碰上軟鐵地圖，在還沒有失去聽覺之前，古伯會形容這是踢踏鞋尖敲了地面一步，但助聽器的微型麥克風蒐集到的是飛蟲撞上硬玻璃的聲響。透過擴大器，飛蟲軀體變巨大了，撐滿古伯耳洞，翅膀羽翼無法展開，而以長著軟勾的腳爬進聽覺中樞。古伯走近地圖，迅速推斷飛鏢的落點處是Ｊ區主要道路的一段。他將推測的地址地號抄在紙條上，但又擔憂Ｊ區的距離有點遠，不知道會不會有人來面談？古伯決定再擲一次飛鏢。

黃狗，幫我找一個更近一點！古伯的請求，是對那隻在他懷裡老死的雜種狗說的。

牠是古伯唯一合法認養過的流浪狗。一身黃褐短毛，讓他在項圈名牌上寫下，黃狗。他吃便當時，會分三分之一的飯菜到鐵盤，將另一張椅子靠近櫃檯，喚黃狗跳上來坐正進食。

古伯喜歡對牠說說話，「黃狗，今天的排骨炸太久了。」黃狗聽見，會抬起頭看古伯一眼，等他又再扒飯，才一起啃骨頭。養了七年，獸醫從黃狗喉頭夾出一根沾滿膿血的魚刺說：「長了一顆大腫瘤，沒辦法正常吞嚥，太老了，開刀可能會死在手術檯上……」

古伯當下便決定讓牠安樂死。從藥劑緩緩在針筒裡消失到毛茸茸的胸部完全停止起伏，助聽器一直接收到，「慢慢來，這樣就不會痛了。」

短短一分鐘，黃狗不停抽搐痙攣，牠的短毛也在那一分鐘全都乾燥成華白。

黃狗第一時間被送到臨近的寵物火葬場，以三夾板棺材裝著，推入焚化爐。按下啟動鈕內火齊發同時，助聽器接收到，「火來了，不用怕。」古伯不知道是誰說的，但他很慶幸這天一早黃狗多少進食了一些肉乾。等拉出平台要進行裝甕時，兩位火葬人員從骨骼白灰裡撿起一粒像是圓板藥丸的漆黑硬鐵。他們無法分辨那是什麼，其中一位問他，「你信佛嗎？」

古伯才想起那粒略微扭曲變形的黑鐵，是綠色飛鏢的磁鐵頭。

依舊擁有磁鐵的黃狗，再次畫過完全寂靜的大廳。這次，助聽器沒有接收到任何鐵器互擊。黃狗不見了？古伯心一緊大步跨近牆，熟練地掀起軟鐵地圖。除了玫瑰的屁股，現在又多了微微隆出牆面的黃色十字線。現在觸摸黃狗底部，古伯怎麼看它都像是失去耶穌基督受難像的十字架。

「現在有安樂死……用安眠藥，會讓夫人難過。」助聽器也分不清楚這是外部接收到的，還是古伯身體裡的共鳴。

第三隻美美準備安樂死時，夫人哽咽著懇求獸醫在注射巴比妥鈉鹽之前，能夠先施打一針鎮定劑。

「對不起，只有人可以施打鎮定劑。」獸醫說。

在那一刻，古伯覺得父親服用安眠藥，或許是比較舒服的。

他低下頭，地磚裡的博美正對著他吠，模糊的毛下巴頻頻開闔顫抖。摘下助聽器的瞬間，狗吠聲又響滿了整個大廳。

古伯對狗兒說，「我知道你不是黃狗。」

牠馬上在地磚裡倒躺著吐著舌頭，抖擻尾巴。古伯調整助聽器聲量，蹲下去撫摸腳邊的狗兒。他摸不到毛也沒有被牠的尾巴打中手，更抓不住狗兒呼出的熱氣，只有磁磚的冰涼與抛光上蠟的平滑觸感。古伯戴上助聽器瞬間，狗吠聲又消聲匿跡但地磚裡的狗更加興奮扭動躺平的身軀。

「我知道你會一直待在這裡。你哪裡也去不了。呵呵。」助聽器許久都沒有轉換如此爽朗的笑聲了。

第一封徵人信件，還是寄到黃狗射中的那個地址。古伯寫下的內容是：徵求一位大樓管理員。男性，四十歲以下，成年，無前科無不良嗜好。月休一日，提供住宿。薪資依新增大廈管理條例規定……

面談當天，大廳來了五位應試者。先到的三位坐在古伯預先準備的小圓凳上，其餘兩位只得站著。飛鏢射中地址處是一棟小型老公寓。田字形設計，每層四戶，四樓層十六戶人家。古伯的信被釘在公布欄，便來了五戶需要求職的。水電工、社會學碩士、三十八歲單親家庭的父親及一位剛被解僱的電腦工程師，和有教師資格但沒有學校收容的獨身男子。古伯原本請夫人一起列席主持面試，但她受了風寒無法參與。

「我相信你會選出理想的接替人……」夫人在電話裡支持古伯。掛電話後，古伯便向最近的花店訂了新鮮玫瑰。

圖書室裡應試人　一面談。他們幾乎都符合古伯的期待，但最後並沒有人接受這項工作，理由都是與J區的距離確實太遠，雖提供住宿但無法全天任職。

「你不需要這工作嗎？」古伯問最後一位三十八歲的單親家庭父親。

「需要……只是我兒子還太小，每個月的無業救濟金其實還過得去。」

吃過晚餐便當，古伯迅速整理這天的訪客登記紀錄。他一一記住那五位寫在紀錄本裡的應試人姓名。他們確實都不錯，這讓古伯有點氣餒也有點埋怨這二十多年來，社會福利的立法太完備，人們很快就接受這些利民利己的政策規範。接下來的夜晚，他為盆栽澆水檢視海芋的綠葉。他用剪刀修剪轉黃葉子時，地磚裡的博美從盆底陰影處竄出來，不停追逐掉落的葉影、古伯的鞋子、掃帚、畚箕，直到他完成大廳清掃。電梯又叮了一口助聽器。報社的社長牽著美美走入大廳，順手將美美交給遛狗男孩。兩隻博美又短暫聚會在光滑裡跌倒，如同過去幾天，遛狗男孩只帶走了一隻博美留下另一隻狗。

「社長，夫人還好嗎？」古伯恭敬詢問。

「輕微發燒，過兩天就好了。夫人請我問你，今天的面試如何？」

「來了五位……有一位可能不錯，不過還需要再考慮。」

「如果真的不錯，條件可以再談。」停頓了一會，社長又開口：「無法勝任工作和沒有謀生技能的理由，可能無法申請。」

「……這個我也想過，可是就想不出其他理由。」

古伯勉強笑了，輕輕作勢揮出拳擊的上勾拳。這模樣和他的年齡不合宜，社長因此苦笑。地磚裡的博美狗繞著社長興奮兜圈子。牠看見主人，但主人並沒有留意到牠。微微發福的社長，沒有追問古伯為什麼要申請，反倒說：「昨天夫人突然問我，如果她提出安樂死申請，我會不會生氣？」

古伯滿臉驚訝。

「別緊張，我們只是討論。」

「那社長怎麼說？」

「我只說，安樂死的立意是好的，其他的我沒有多說。」社長拿出香菸，點燃，留下第一口濃煙在大廳，「古伯……我其實也只想跟你說同樣的一句話。」

古伯不知如何回話，突地轉身走入櫃檯拿出一束新鮮玫瑰，請社長轉交夫人。

社長先深呼吸，才展開笑顏說：「夫人看到這束玫瑰，可能會難過……」

在推測夫人會牽美美下樓的那天傍晚，古伯將最後一支飛鏢藍寶射向磁鐵地圖。大廳又響起鐵器互擊聲。古伯花了幾十秒確認藍寶一直都立在地圖上，這才拿起紙筆走向前。他一邊推想抄寫D區地址，一邊思索磁鐵地圖不小，但過去沒事丟擲紅黃藍綠這四支飛標，有沒有不曾投中的點？記憶中，四個端點就從來沒擲中。古伯深深覺得，就算從這天開始，一直反覆投擲飛鏢到自然死去那天，也無法將地圖上的每一個點都投中。隱隱地，某種不知為何的公式邏輯呼之欲出。一支飛鏢的磁鐵圓頭，無法覆蓋所有地圖……四支的機率會大於一支嗎？如果把地圖撕下來丟掉，飛鏢還要留下來？不，地圖可以留給職務接替人，臥房裡的電器也可以留下來，制服也是，其他衣服就送舊衣中心，存款就給管委會當公基金，這樣應該就沒有了……古伯的思緒像剛煮熟的稀飯，一部分糊了，黏稠在一起，一部分還看得見米粒形。

他低下頭，眼前一片乳白與蠟光。牆和地板顛倒過來了。那隻博美從變成牆面的地磚裡，掉進變成地板的白牆裡。幾乎同時間，大廳自動門打開了，又吐出一隻博美狗到變成地板的白牆裡。助聽器也發暈昏眩，直到它接收到呼喚。

「古伯先生……」

古伯凝神才注意到，現在回到牆角的是已經返回的美美。遛狗男孩走上前，蹲下身撿拾伸縮尼龍狗鍊條。遛狗男孩露出愧疚，說了道歉。古伯沒怪他，反而生出奇怪的念頭——如果我有小孩，應該也是這個年齡。

那晚跟社長聊過後，古伯將寫好D區地址的徵人信件，壓在「失眠等於睡著」的DM旁邊。三天過去了，都沒有交給來收發郵件的郵差。這三天，他幫九樓的林先生叫了住在對面大廈的水電工，換上新的馬桶控制活塞；看著夫人將狗交給遛狗男孩，小心問候她的健康；幫四樓的常任委員陳先生搬了好幾箱用來裝飾慶典用的七色彩帶與未充氣氣球；也幫那位寫卡片給他的小女孩，撿起從她小手滑落的一疊明信片。這些為數不少的明信片上，印著這個城市各個美麗的地標：曾經是世界第一高的摩天大樓、繁華與舊址並存的鬧街、新年期間的燈樹，以及冒著白煙的山區溫泉小屋。古伯撿起最後一張彩繪長頸鹿的焚化爐明信片，想到明文禁止土葬已經三十年。現在，全都只能火化了。他要在申請書上寫明，身後不要與父親放在同一處的靈骨塔。他很慶幸安葬法規還保留著安置骨灰罈的自主權。

一一送走搭乘接駁車的幼稚園孩童們，古伯不小心碰倒了櫃檯桌上的茶杯。咬了十多年茶垢的瓷器，應聲崩裂一角。少量的隔夜冷水，從杯口爬出，變成一隻沒有手指的水透手掌，緩慢伸向那封壓在玻璃下的徵人信件。直到這個早晨，他才將硬硬扁扁的標準信封，交給前來收發信件的郵差。這批新郵件中，有一封掛號信是寄給古伯的。簽收時，地磚裡的博美狗對著郵差狂吠。下一秒牠撲上前，咬住郵差倒映在地磚裡的左腳褲管，以牠弱弱小嘴的氣力，竟然讓郵差的倒影無法移動腳步。古伯笑出聲，郵差問，為什麼看著地板笑？古伯不知怎麼答，搖搖頭，沒事。郵差奚落古伯，你真的老了。

古伯假裝歎息但旋即難掩微笑，「已經在找職務接替人了。」

郵差離開時，雙腳的褲管連螞蟻通過的破洞都沒有。但地磚裡的博美狗則發瘋以犬齒咬合、前腳踩壓，撕裂從郵差倒影咬下來的一大塊褲管軟布。古伯沒理牠，拆開掛號。牛皮紙袋裡裝著市政府的公文。一張是公布社區大廈管理條例的新增條文，另一張則是大廈的住戶名冊。

古伯細讀這次新頒的內容——實際住戶人數超過一百戶的大廈，得申請兩位大廈管理員。以上申請，經住戶大會投票二分之一通過，得向所屬戶政管理機關提出。

古伯讀完，確認這份公文與日前的大廈無關，便翻到第二張名冊，在自己姓名旁邊的空欄迅速簽名。他拿著兩枚圖釘，走到圖書室外邊的公告欄前，將這份公文固定在最新公告的位置上。他順手掀開軟木板上頭其他公文文件。環保署新訂自來水的氯含量不得超過80ppb的宣布，只差幾位還在國外做長期旅遊的住戶尚未簽名。垃圾增加分類標準與處罰的規定，在古伯沒留意的這幾天，全都簽名了。最近一次的管理委員會決議內容公告，也都有每一個成年住戶細讀過後的簽名。古伯拔除四枚圖釘，卸下兩份被充分閱讀的公告，對折後分別歸納到資料夾。之後，他赫然發現，狗兒已經把墨綠色破布，一整塊都吞進肚子。

古伯對著地磚裡那一團累吁吁的毛球團大聲罵，「你也想完蛋啊！」

幾天之後的面談日，古伯從早探頭探腦到正午。連助聽器都彷彿聽見他說，「藍寶是不是沒有射中正確的地址？」

扒光中餐便當，他假裝靠在櫃檯外邊打盹，把空便當盒擱在地上，拐騙地磚裡的博美上前。牠嗅嗅聞聞空的便當盒倒影，沒有舔，繞走兩圈，圍成圓身，靠著古伯倒影的手臂，擱落毛茸茸的下巴。等狗兒完全瞇上眼睛，古伯才偷偷瞄牠與自己的倒影。接著，倒影的手取下了耳朵上的助聽器。古伯隱隱約約聽見咕嚕嚕像貓一樣的狗打呼。有幾秒鐘，他甚至覺得是倒影的耳朵聽見了狗兒入睡的鼾聲。倒影再度戴上助聽器的動作碰到了博美。牠眼睛一睜開，視線落在一隻緩緩欺近的鞋底，就要踩上牠了。狗兒驚醒抖擻，跳離倒影。這同時，古伯高舉的單腳輕輕落回地磚，又用力踏出三聲響，「這次嚇到你吧！」

踏腳的回聲一再潛入地磚裡逗弄博美狗。古伯正思考要不要再次投擲藍寶，一位穿著灰白運動外套的男子站在大廈的自動門外。這個男子的頭髮茂盛，但兩鬢華白。古伯一時猜不準男子的年齡，先點了頭，他才近身電子感應區，驅使大門自動滑開。男子一進門，古伯便被那近一百九十公分的身高給吸引。等他開口詢問，是不是有在應徵管理員工作，古伯陷入更大的困惑。這位高壯男子的聲調，是十足還沒變聲的十六歲少男。避免失禮，古伯請男子到圖書室先坐，但他說不用了，在大廳聊聊就可以。古伯從後方宿舍臥房回到大廳時，手裡多了一杯熱茶。當他遞給男子時，那稚拙的腔調回聲，「我不是來應徵的，我十六歲，還沒成年。」

古伯發愣一會才推出椅子，讓看來已經衰老的男孩坐在櫃檯邊。等他啜了幾口茶古伯才問，「那你來是要……」

「寄信地址不遠，就走過來看看，」男孩喝了幾口茶才又接上話，「很久沒看到，用手寫的信……想看看是誰寫的。」

男孩說話斷斷續續的靦腆模樣，讓古伯想起夫人年輕時對他說過的話，「有些事過去了，能忘就忘，不要一直被影響。」

那時夫人的身體豐腴圓潤飽滿誘人。而另一位已經出現老態的夫人，這時從一面白亮的光牆裡悠悠走出來。古伯站起來向她問好。早衰的男孩也站起來點頭示意。夫人沒有打擾他們，在公布欄前頭佇足瀏覽。

「那我先回去……謝謝你的茶。」男孩說著，先瞄一眼夫人的背影，再從褲袋裡拉出一只對折的信封遞給古伯，「這個給你……」

信封有點小厚度，上頭只寫著大廈地址，沒有收件人姓名。古伯靜靜接過信封收到背心制服的上口袋裡。夫人翻過一張紙，抽出小筆筒裡的原子筆簽下姓名。高大男孩生澀行禮鞠躬，向古伯與夫人說再見便離開了。自動門關上，地磚裡的博美才從櫃檯底下溜出來奔向夫人，繞著她腳邊轉吠叫，可是無聲。

「是來談工作接替的嗎？」夫人問。

「好像是……不過還沒滿二十。」古伯說。

「還沒成年，可以嗎？」

「對，還沒成年……現在不行。」

「是嗎？看不出來，好高大……幾歲了？」

「十六歲。」

「十六歲啊，看不出來……那還要再四年呢。」

「是啊，還差四年。」

夫人向大門走了兩步，似乎是要追看那位男孩。她這兩步都正好踩了地磚裡的狗兒，一次是身體，一次是尾巴。狗兒表情哀痛又鑽進櫃檯底部。

「他可能嗎？」夫人站在敞開的自動門前說。

「那也要等他滿二十……」古伯如此回應。

「你要等……」夫人的話沒有說完，於是古伯也沒有多餘的表情。夫人說再見轉身往大廈內廳走，古伯出聲問：「夫人，美美好嗎？今天還沒看見……」

夫人露出淡淡憂傷，「說不定，這次美美會活得比社長跟我都久……」

「夫人，妳放心，一定會有人照顧美美的。」古伯望著地磚裡的狗怯怯躲在他的側身。

聽到這樣的話，夫人臉頰暈開了像玫瑰花芯蕾的細粉顏色。

當天深夜，古伯躺在床上昏睡又初醒。耳朵掛著的助聽器，發出瑣瑣碎碎的電磁頻率呢喃著，聽不出內容但他知道就是那位早衰男孩的聲音。他給他的那封信，還壓在「失眠等於睡著」DM旁邊的信封。那一點點厚度，讓桌面玻璃出現些微的傾斜。二十多年的管理員工作，古伯從未拆開未寫明收件人姓名的信函。雖然他對信件內容感到好奇，但深深覺得不能拆開。

「他希望我拆開來看嗎……」這個念頭閃過，接連來的是遠方的深夜喇叭、水管深處的吞嚥。

等生出「失眠等於睡著，安樂死等於什麼」想法時，窗外天空還留有昨夜黯淡的藍。陣陣狗吠從大廳傳來。古伯伸手觸摸助聽器，它還在耳蝸裡，而且軟骨被睡眠壓得發疼。吠聲開始迴盪，好像有一隻、兩隻、三隻……博美狗在門毆低嚎。他趕緊穿上長褲襯衫，慣性套上背心制服，離開臥房。門一開，大廳裡站著社長，牽著美美。美美則對著地磚裡的狗兒猛吠。每當美美低頭咬牠，牠也從地磚裡反咬美美。短毛嘴撞上短毛嘴，發出犬齒碰擊犬齒的硬物脆裂。

社長為打擾古伯的睡眠而道歉，因為失眠睡不著，想帶美美出去公園遛遛。可是一到大廳，美美好像認不得倒影，一直對自己狂吠。社長稍稍粗魯拖著美美走向大門。地磚裡的博美也被拖著走。古伯趕緊回到櫃檯，將自動門開關切上電源。強化玻璃門瞬間打開，社長一腳跨出門外美美跟著縱身跳出，再度留下地磚裡的倒影向外張牙咧嘴。社長慢慢走遠，助聽器裡的狗兒吠嚎才漸漸減弱。

接下來兩天，古伯經常看著藍寶，被突然走過的大廈居民輕微驚嚇。每每他抬起頭看著肉包子臉、二十初歲的短馬尾、躲在運動衫裡下垂的乳房……每一位大廈住戶，他都有辨識的特徵。但就這兩天，這些住戶臉上都多了笑，長長地拖曳到大門外頭、也在電梯未關上時流連。看著那些特別揪得高高的臉肉，古伯有點不知該回笑點頭、還是出聲早午晚安。直到第三天初夜時刻，滿頭少年白的早衰男孩再度出現在大門外，但這回他沒有靠近感應區，直到古伯走近大門自動門才像夏天的地氣一樣飄開。

「要不要進來坐坐？」

「沒關係……」男孩從褲袋裡拿出另一個有點厚度的信封，在門外遞給古伯，「只是想送這封信過來。」

早衰男孩送完信轉身要離開。古伯叫了，等等。古伯留意到這封信一樣只寫大廈地址，但沒寫收件人及寄件地址。古伯問，這信要寄給誰？男孩說，都好，只要有人拆開來看過就可以了。古伯要男孩等會，但不確定要他等什麼。古伯回到櫃檯，才想起當初寫著藍寶射中地址的那張便條紙。他在櫃檯裡轉了兩圈，地磚裡的狗也轉了兩圈，他沒找到便條紙，牠也沒有追上尾巴。然後，拿著信封又走回男孩旁邊。

古伯把信對折收入褲袋擠出聲音，「信我先收著，但不會拆開來看。」

男孩開心地微笑了。他彎下腰看著古伯腳邊說，「這隻博美狗是你養的？」

「狗？」古伯有點吃驚說，「不是我養的，有天突然跑進去……趕也趕不走。」

「牠哪也去不了，是因為沒人牽牠……我爸說，狗不喜歡被綁著，可是我知道，狗更喜歡被人牽著。」

「你養過狗嗎？」

「沒有養過，不過狗都喜歡我。一直很想養……可是我爸不肯。」

男孩蹲在大門外，膝蓋落在門檻上，吹著口哨，伸手勾引地磚裡的狗。狗沒有搖尾巴也沒有吠，躲在古伯腳後跟。

「如果你喜歡……就送給你養。」

「真的嗎？」早衰男孩露出喜悅。

「不過，要牠願意跟你走才行。」

「好……你有狗鍊嗎？」

古伯回到臥房裡，將之前黃狗用的鍊繩交給男孩。男孩問，狗叫什麼名字？古伯說，他從來沒給狗取過名字。男孩請古伯現在就給牠一個名字。古伯想了一下便說，美美吧。地磚裡的狗聽見美美，落穩四隻腳，束高尖毛耳朵，猛搖尾巴。男孩這時一步跨入大廳，叫了兩聲美美。博美狗就飛奔到他的腳邊，繞著地磚裡的男孩倒影跑圈圈，不時以後腳站立，頻頻叩拜前腳。男孩打開鍊繩前端的扣環伸向狗兒。鐵器碰撞了硬瓷，扣環就在那聲清脆裡，拴上地磚狗兒脖子的項圈環。狗兒轉圈奔跑，鐵扣環黏在地磚表面拖曳，清脆聲刺得助聽器都想要摀住耳朵。早衰男孩領著狗，先在大廳裡兜了兩回然後往大門走。自動門再度打開，早衰男孩踏出門外，地磚裡的博美狗一個縱身輕跳躍過門檻，落到門外的路面上。牠四腳站立穩穩地，先前待在乳白色地磚裡多少還有燈泡發光般的模糊身影，現在幾乎和夫人的美美一樣乾淨且活生生亂蹦跳。在自動門緩緩關上時，牠對著門內古伯吠叫，聲音聽得清清楚楚。當古伯拿下助聽器，狗吠就像大廈外的所有聲音一樣，變得微弱沒有力氣。

「這隻狗，美美，真的要送給我嗎？」男孩問。

古伯肯定點著頭，接著從褲袋拿出藍色磁鐵飛鏢，藍寶，「這支飛鏢也送你。」

「為什麼？你不留著嗎？」男孩看見白牆上的軟鐵地圖。

古伯想了許久才說，「牠喜歡咬東西，給牠磨牙吧……不過要小心不要吞了。」

「好，不會的……我家也有一組這種磁鐵飛鏢，紅黃藍綠，四種顏色。射地圖的，就像牆上那塊，很舊的玩具了。」

「是嗎，有就好。」

往來人群的對話聲吸引狗的注意，牠興奮拖拉早衰男孩，急欲離開。他再次道謝，正轉身離開，古伯突然想到，「對了……你不是說你爸爸不肯你養狗？」

男孩這時露出安心的微笑，「沒關係，他已經不在了。」

「不在了……」

「三年前因為偷東西，當場被抓到……還要在監獄好幾年。」

早衰的微笑還沒散逸，夜間路燈一支支透出光感來了。古伯看著男孩牽著博美狗，走上馬路另一邊的騎樓。古伯對於男孩牽著博美狗離開的畫面，似曾相識。但這次，他很想要叫喚男孩，但卻不知道他的名字；想要叫美美，聲音卻被嘴唇擋下在口腔裡迴盪，一些在鼻腔共鳴，一些從皮膚滲出而被助聽器接收了。等透過擴大器振動耳膜，古伯只覺得這嗚嗚嚕嚕像是另外一個陌生人。一轉頭，他才發現夫人牽著美美站在大廳中央。古伯與美美四目交替的同時，吠聲響起。

兩人互道晚餐，夫人開口便問，「是上次那位男孩？怎麼了嗎？」

「沒什麼……」古伯隔著布料輕觸袋裡的信封，「他幫人遛狗，走到這邊，就聊幾句話。」

「古伯，你覺得等這個男孩成年了，會合適嗎？」

「他會是一個稱職的大廈管理員。」古伯點點頭。

「那還要再找其他人嗎？」

「我沒問過他，會不會想像我一樣做個大廈管理員。」

古伯一低頭就發覺，腳邊美美的倒影不見了。牠一直吠叫，可是古伯卻聽不見聲音。他一取下助聽器，大廳狗吠聲瞬間像兩串丸子塞滿他的耳朵。在這樣的疑惑裡，他假裝調整助聽器蔫澀低聲，「不過，我現在沒有飛鏢了。」

「飛鏢？」換夫人臉上露出不解。她看一眼軟鐵地圖，「那些飛鏢呢？」

「夫人……飛鏢都飛到牆裡了。」

夫人更是疑惑，覺得古伯開了一個奇怪的玩笑，她也就隨口問，「我們大廈也在這張地圖上吧？」

「有的。」

「那你有射中我們嗎？」

古伯突發想像，那支紅色飛鏢玫瑰，會不會就是射中了……

夫人看古伯神思不知飛到哪去了，便說：「那下個月的送行會，要往後延嗎？大家都偷偷買了彩帶氣球、還有要寫給你的明信片，管委會也準備訂小點心……」

「是嗎？真是麻煩大家。」古伯搔搔頭說，「夫人，我想還是不要讓大家的好意白費了。」

這時，電梯不知道是第幾次叮了古伯的助聽器，遛狗男孩甜甜微笑，想要化開一些遲到的尷尬。他從夫人手中接過狗鍊繩叫了一聲美美，一個跳躍就到了大廈外頭。大廳內就只剩下古伯與夫人和他們清晰的倒影，沒有狗吠聲，也沒有地磚裡的博美狗。

飛機蟻隊

飛機蟻隊

起士站在這座以生鐵打造骨幹、階梯、欄柵的鏤空樓梯上，腋下夾著一疊各部門的信件，準備執行每天固定的派發郵件工作。他還沒抵達二樓，就完全停止往上走，因為剛踏過的那段階梯，還是消失了。

生鐵樓梯是這家設計工作室的空間亮點。整座工作室則是由一棟私人圖書館改建的。起士聽行政主任說過，這個ㄇ字形的老洋房圖書館，荒廢多年之後，才被已經移民國外的第三代繼承人賣出。從一樓到三樓的辦公空間，都是依照圖書館的原建築架構來設計辦公空間。當時集資的幾個董事都是老菸槍，為了抽菸又不牴觸菸害防制法，他們在一樓中庭水池邊的角落，以厚重的生鐵為材料，搭建了這座樓梯鏤空的生鐵樓梯，不影響採光，也方便通透一、二、三樓。

稍早一些時，起士從一樓步上樓梯。走到一半時，他還提醒一樓的清潔婦，記得將中庭水池裡的落葉打撈乾淨。也是這時候他恍惚發現，後頭剛走過的十多段階梯消失了。起士先是停頓了一會，繼續往上走了兩三階，才確定踩過的生鐵慢慢淡化，就連兩側的深藍色與新鏽共存的扶手欄柵，也一起變成空氣。

清潔婦從角落的儲藏間翻出一根撈魚用的網子，打撈水池的落葉。起士重重擰了手背的一層皮，有疼痛，剛好讓他皺眉，但不至於失聲。清潔婦往上瞄了起士一眼。他生澀翻看手中的郵件，就怕清潔婦誤會只是總機兼任信件分發與公司行政雜務的他，又在監督她了。

起士在這家設計工作室工作就快滿一年，原來是應徵業務部文案企劃助理，但缺額只有一位，沒有被錄取。但可能是碩士學歷，加上面試表現讓業務總監印象深刻吧，又碰上前收發小姐未婚懷孕、臨時決定結婚而離職，起士也就這樣進入這家設計公司。

先有一份收入再說吧。起士是這麼想的。

行政主任則告訴他，起薪一樣，但業務部的助理，不一定是人幹的。這將近一年的時間，換掉了三位文案企劃助理，第四位剛應徵完，還沒到任，而當初優選於他的那位文案企劃助理，三個月試用期還沒撐過去，就主動遞送辭呈了。臨行前，起士與這位業務助理吃了一頓簡單的午餐，只記下著他說的那句話，「如果可以……真想跟你換工作。」

「做行政收發工作的，沒有比誰了不起，不過一定都待得比較久。做得久，就能學得比別人多。那些助理都被人叫來叫去，跟狗一樣，你下面還有清潔工，歸你管。他們連自己都管不到，不是嗎？」

起士經常想起主任年終尾牙悄悄跟他說的這些話。

消失階梯的正下方，是一大片中庭造景用的草皮。這些草皮就是他要求清潔婦每天都要灑水，每月固定填補有機肥料的作品。在良好照顧下，蔓生成一片片穩定繁殖、如腫瘤般生命力旺盛的新草皮。他被直接穿透看見的鮮綠吸引，但也因此停步，擔心再往上走一步又會消失一段生鐵階梯。起士閃過一個念頭，往下跳看看？二十多段階不算高，就算摔下去，那些飽含濕潤的草皮也可以緩衝。

起士往上看，陽光剛好透過中央天井的強化玻璃，灑落在一樓庭院中央人工造景的水池。錦鯉幾次來回穿過沒入水中的陽光，但鱗片卻無法把光亮載到陰影裡太久。起士聽業務部經理說過，那幾尾頭身圓飽的昭和三色，會幫公司生水生財。

清潔婦很快撈完落葉，提著設計成異星球人腳肢的掃帚，和吸水力強大的螢光抹布，走到鏤空樓梯的一樓入口處。

她看了一眼生鐵階梯，困頓好一會才說，「這樣我上不去。」

起士這時又往上走了一步。他緩緩離腳的那段階梯，也緩緩消失了。

清潔婦這時皺眉頭，「你再往上走，我真的就不能打掃了。」

起士垂眼打量自己的牛仔褲、夜市買的廉價皮鞋。對自己把白襯衫塞進褲頭，有點生氣。他想起翻過一本男裝雜誌的穿搭原則，不建議取得第一份工作的社會新鮮人這麼穿。他小動作將白襯衫拉出褲頭，但塞了快一早上的襯衫下襬，已經發皺。

「妳不知道還有其他樓梯嗎？不會從另一個樓梯上去？」起士有些浮躁。

「我要去頂樓打掃茶水間……你是不知道嗎？」清潔婦回話。

當初，鑽開部分天花板，在天台頂樓另外搭建員工休息茶水間。那裡只是簡陋的半露天小玻璃屋，放置了冰箱、烤箱、微波爐，還有老闆給員工的福利膠囊咖啡機，周邊設備不一定勝過外商公司，但從吸菸區可以眺望遠處城中機場的跑道頭，看著飛機駛過口吐出來的白煙，讓這個頂樓的茶水間，也成了設計圈的小小話題。如果是冬天，太陽也露臉，熟客戶甚至會提出到頂樓開會的建議。設計工作室有兩處階梯，一是圖書館原有的舊樓梯，只有生鐵鏤空樓梯可以通往頂樓天台。清潔婦強調質問的語氣，起士聽來特別刺耳。他對清潔婦的埋怨，有些微怒，卻無法多加辯駁。

他想起了主任說過的另一句話，「你的薪水比她多……想想怎麼管理她、帶領她，才是你要學習的。」

起士直視清潔婦，就像行政主任去檢查廁所時，只看著她，什麼都不說。直到清潔婦撇開頭，露出是不是什麼地方沒有打掃乾淨的憂慮，起士才學主任緩緩地轉身，一連往上走幾步，並加快步伐。後頭循著空氣階梯爬上來的，是清潔婦怪異的嘖嘖哎喲。她帶點地方鄉味的聲音，只是說明又有階梯消失了。起士沒有回頭也沒有理會，想著有幾個蓋了戳記的快遞，需要送往三樓。這其中包括了執行設計總監的特急件。一拐上二樓，快要抵達三樓之前，他就被堵住了。人的隊伍依序從頂樓天台的出口處，一路沿著樓梯往下排隊下來。

業務部的廣告企劃、美術部的網頁設計工程師、企劃文案一、二、三號、包括副總監和財務長，還有幾位陌生人，雖然沒有看見公司全部員工，但一早就進工作室上班的人，似乎都來排隊了。起士恍然想起，剛才待在收發室，就有一種怎麼沒聽見任何工作聲音的寧靜。

生鐵樓梯上，沒有人特別說話，不分職位階級，靜靜做著手中的事。業務正以手機發簡訊。文案企劃在隨身小筆記本上，寫了什麼，劃掉，又再寫些其他。站在高兩層階梯的年輕男人，穿著價格不貴、但有品牌的上班族制式西裝。就像那些日本時裝雜誌上模特兒那樣，拎著電腦包，挺身筆直站著。起士看過他，不是公司內部員工，是發包下游合作廠商的推廣業務員。

起士看他沒在做什麼特別事，抓著他看手錶的瞬間，湊近身子微聲問，「為什麼排隊？」

「我要去頂樓的茶水間。」推廣業務員回得很快。

「去……開會？」

「嗯，副理通知我去那裡開會。」

兩人的對話，乾燥了好一會，推廣業務員才又開口，「在忙什麼？」

「還好，就這些快遞，有些急件，要第一時間送給設計總監。都是特急件。也不知道是什麼，最好趕緊送去……不過，也就這些事……」起士聲量越來越小。

站得再更高一階的是資訊部電腦維修員，停下手中把玩的掌上型電玩，插話說，「有什麼事不是特急的？我也是特急。美術總監通知我說電腦有問題，馬上就要修，又叫我去茶水間找他。都是要，馬上。還不是一堆人堵在這……有誰知道，可以告訴我為什麼？」

起士搗頭，露出訝異、接不出下一句話的模樣。

電腦維修員繼續下一關的遊戲，低頭快速撥弄操控鈕，直直問，「誰叫你上去的？」

「沒有人……」起士抬頭九十度往上看。在階段的縫隙間，有些皮鞋底部露出一頭尖。牛仔褲被夾成細條。有設計圖案的T恤，也被階梯的鏤空縫隙切割得更怪異。在鏤空的夾層縫隙，起士突然看見兩條光裸的腿，以及那漸漸變暗的胯下深處，他趕緊低下頭，停頓了一下才說得出口，「我只是上來送快遞。」

「給設計總監？」

起士慣性又搗頭。

「那麼多個總監，哪一個？」

起士趕緊翻看手中一疊信件包裹。頭頂鏤空樓梯的縫隙，這時落下來一句不知道是誰說的回答，「設計總監全都在茶水間，喝咖啡吧。」

下游廠商的業務推銷員輕輕挑眉，代替聳肩。部內的電腦維修員，低頭九十度，盯著掌上型電玩，嘖了氣說，「再特急，也是要排隊。」

知道設計總監都在天台茶水間休息，起士鬆了一口氣，轉身往下看。身後的生鐵階梯，全都消失、透明、空氣了。等會要怎麼下樓呢……正在思索這件事，其上的推廣業務員湊近，把問題丟給他，「請問等會要怎麼下樓？頂樓還有其他下樓的樓梯嗎？」

起士也一臉不解地搔頭。當初鑽開部分天花板，讓生鐵樓梯旋轉抵達頂樓，就已經違反建築法規。是董事長找了消防署的朋友，保證會在私人公司章程規範中，管制同一時間待在頂樓天台茶水間休息的員工數量，才勉強放准過關。

「只有這個樓梯。」

可能下不去……

起士才這樣想，電腦維修員真的說出口，「看樣子，下不去了。」

隊伍又往上移動了五、六個階梯。往上沒有人站落的空白階梯，會吸人，牽引起士往上順走的念頭。他有點猶豫，還是往上走了。而那五、六段階梯，也在他離腳之後的數秒間，消失透明成空氣。

「我跟你們說，沒關係，事情一件一件來。你先上去找副總開會，你也先把快遞給總監簽了，我也去茶水間看看那個人的鬼電腦又怎樣了……媽的，射我的戰鬥機……還敢排隊，看我把你一整排的飛機打下來……誰叫你攻擊我的戰鬥機，媽的……」電腦維修員，重重按下掌上型電玩的開關鍵，「這公司的特色是，先完成正在做的事，後進來的事，不管多急，都不能插隊。一個一個來……」

站在電腦維修員上頭幾階梯的設計助理，撐在生鐵欄杆的轉折處，傾下身對起士說，「只能排隊了……你是最後一個，樓梯不見的事，你再問問總經理怎麼辦吧？」

「總經理今天有進公司嗎？」起士問。

「他昨天晚上有離開嗎……」設計助理拍拍抱著的厚重檔案夾。

起士有點懊惱，剛剛離開收發室時，沒有順手帶上總經理的特急快遞。

隊伍又往上移動了。人龍現在往上的速度，是每一階梯停留不到一分鐘，就會往上走一階。在這樣的樓層高度上，聽不見頂樓茶水間的任何討論，以這樣的速度步上階梯，也不適合進行任何對話。起士很快就攀高到三樓的緣廊平面。沒有其他部門的員工，從三樓加入，跟在他後頭。這樣一來，他真的是隊伍的最後一位。他走過的那些生鐵階梯，並沒有哪一段面，在消失之前留下任何驚訝。

起士一安靜下來，就沒有人說話，也沒聽見有人勉強聊說新的話頭。散落排列的隊伍彎上下一個轉折三角階梯，再往上走幾個階梯，起士還是忍不住小聲洩露了心底話，「我其實沒有試著往下走……」

「踏一踏，試試看？」推廣業務員說。

起士搖頭，不願意落腳下去，試試會不會踏空。

「樓梯應該也歸你們行政部管。你不試試，如果上去碰到總經理，你怎麼解釋……樓梯不見了？」電腦維修員說。

起士確實困惑了，抱緊一大疊的信件，沒說什麼，但突然指敲著包裹。

「用包裹試試嗎？」推廣業務員立即說。

起士只是往上看，但沒有點頭。

「你真的敢啊？」那位設計助理說。

「沒人會看見吧……包裹沒送到，很正常的。」電腦維修員說。

陽光只是弱了一些。站在鏤空樓梯上的這幾位，都陸續點頭。起士立即翻找懷裡的信件、資料袋、快遞包裹，最後抽出一個牛皮紙袋。平信寄送。那大小重量與壓出紙袋的輪廓，他以經驗推測，是出版社送來的樣書書稿，寄給要為它做書裝幀與封面美術的設計師，或是已經印刷好的新書。

起士以手秤量，又落入遲疑，但也不敢再回頭徵詢意見。

你就試試看吧……不知誰說的，聲調充滿指示，從樓梯接上茶水間的頂樓平台上落下來。

起士拋下那牛皮紙袋，它快速穿過轉折往下、已經透明的階梯……三樓……二樓……一樓……牛皮紙袋墜落經過的路徑，沒有生鐵，只有空氣，垂直如同想像，最後重重摔在那塊生氣豐沛、飽含水分的草皮上。幾個彈跳之後，它翻滾到水池裡。水花驚嚇到昭和三色，牠們以白的、黑的、紅的三色鱗片，試著把微弱陽光載往更幽暗的深水處。牛皮紙袋點頭浮了一下，慢慢濡濕，等紙纖維都染出水的深濕，一瞬間就下沉，活成一尾失去鰾的土色錦鯉。

「是上面的人叫你試的……」推廣業務員竊竊，再更小聲說，「沒關係。」

「就說沒收到，請對方再寄一次就好了。」電腦維修員說。

起士有點緊張，他並沒有記下寄件公司寄件人。也是這同時，那支撈落葉的長柄網子，介入視線之內，沉入池面，接住潛水浮滾的包裹。起士這才留意到，清潔婦一直守在一樓旋轉樓梯的入口處。她撈起全濕的牛皮紙袋，往上看，先是一臉埋怨盯看起士，沒一會，嘴角突然淺淺微笑。

起士皺起眉頭，胸口緊緊揪了一下，沒有話語，盯著清潔婦。

她很快移開視線，看著階梯上某個她認識的誰，但又沒有真的在看誰，用力將詢問傳上三樓，「行政主任……是不是也在上面？」

「應該全都在上面，」設計助理說。

落下的聲音比較省力，也快速多了。清潔婦立即退後，隱身在一樓看不見的緣廊裡。

人龍整個往上移動了一大段階梯。向上走踏時，起士推想，現在入門的前檯處，一定有快遞員送來另一批包裹信件，等著找他收發，登記明細與簽字收件。在越來越濃烈的擔憂下，他突然走上鏤空樓梯的最後一階，站上頂樓的水泥平台。整座鏤空樓梯這時全部消失，階梯透析成透明，所有生鐵變成空氣，就連用來固定緊拴在水泥裡的巨大螺絲釘，都不見了。他不再往下看，緊緊抱著那一疊信件包裹，一時間無法分辨哪些是特急、哪些是急件、哪些是一般件。

飛機的引擎聲，從還看不見的遠處，拖曳著長長的漩渦尾巴，飛入頂樓，把整個茶水間鬧成起飛坪。起士這時注意到，沒有人在玻璃屋裡喝咖啡，也沒有員工在吸菸區被自己吐出的白煙吞噬，只有人的隊伍，算一算七、八人吧，直直排列，一路接龍到一間水藍色塑鋼外殼的流動臨時廁所。

昨天之前，起士都沒有聽說天台上會安置臨時廁所的事。如果有，也該由他這個行政部門來安排處理。茶水間沒有廁所的問題，曾經在尾牙續攤的建議酒會被提出來。那只是一個玩笑，沒有哪一位董事當成真的員工抱怨。當初興建加蓋茶水間時，也清楚討論過，在老舊圖書館的頂樓開挖排遺污水管線，會是麻煩的施工，也不符合使用的美感。

排隊的隊伍又再往前走了一小段。起士走過的玻璃屋茶水間水泥地板，依舊堅固扎實。設計助理之前的另外三位同事，在這一次的前進移動，同時擠進那間藍殼的臨時廁所。他們沒有人說話，開門、進入廁所、關門，速度快而流暢。起士根本無法看清楚廁所裡，究竟還有沒有其他人。

「有看到……裡頭嗎？」起士問。

推廣業務員搖頭。

「美術總監也進去了吧……」電腦維修員說。

「設計總監也在裡頭吧……」設計助理說。

「全部的設計總監嗎……」起士翻開收發的信件包裹，再次確定最上頭的都是特急件，依次往下是急件與一般件。他喃喃說，「這樣分類，不會有錯的……」

另一架飛機起飛，載來了樓下清潔婦的聲音。喂。她走到三樓靠近鏤空樓梯入口處，向上喊說，「誰在上面，可以幫我叫行政主任嗎？」

「有什麼事？」起士回答。

清潔婦停了好久，有點怯懦，「我有事要跟主任報告。」

「有什麼事，妳應該要先跟我說。」

起士等待著。遠處的那架飛機，鑲嵌在空中，慢慢縮小微小。清潔婦噤聲無語。過一會，起士側耳聽見拖把頭撞擊水泥階梯的下樓聲。

等他回頭，前頭三位排隊的人都消失了。臨時廁所的門已經關上，整個頂樓的茶水間，只剩下起士一個人。他的身後已經沒有其他員工……總經理在裡頭？全部的設計總監都在裡頭？特急件要送進去？主任也進去了嗎？三個人一組？他想著，如果鏤空樓梯沒有消失，就算清潔婦能夠上來，也只有兩人。

就在臨時廁所後頭的遠方，隱約可以看見有許多飛機正在跑道頭，排隊等待起飛。每一架飛機都有各種不同的流線機身，以及標示航空公司的機尾標誌。起士不知道它們要飛往哪裡，也不確定會在哪個城市轉機，再飛往另外的哪個機場。在那些機場的附近，是不是也有一座老房子被改建成辦公室，也在頂樓天台設有讓員工聊天說話、抽菸、喝咖啡的休息室呢……起士猶豫著，要不要試試打開臨時廁所的門。

「調頭往那邊去……」

有聲音傳來。有些聽來像是從樓下傳來的，也有些像是從遠處機場地勤跑道、翻過隔音牆而來。

起士看著遠方的機場跑道頭，恰好有一架飛機正在轉動機頭。

「後面的，再往後退一點……」

原本等在另一個跑道頭排隊的飛機群，真的一架架倒退，向後移動，似乎是要重新整隊。

「好好，可以了……」

排頭的第一架飛機，彷彿也聽見指揮，往前急駛，加速仰起機頭機身，先消失在幾棟大樓之間，駕駛艙突然出現在視界平行的另一座大廈頂樓，然後向上飄飛進入失去距離感的天空。就此同時，一具工程用吊車的伸縮桿，也伸出頂樓天台，緩緩衝上天空。等飛機盤旋到更高處，吊掛的一塊黑色生鐵盤，緩緩落下，一把貼住臨時廁所的頂盤。兩塊磁鐵緊緊吸附，瞬間接合發出清脆的撞擊響聲。工程用的吊車伸縮桿和鋼纜繩，看似同時向上也向下運作，吊起這座水藍色塑鋼製的臨時流動廁所。廁所就在起士面前，上升到空中，平飛，再緩緩下降，與下一架排隊起飛之後的飛機一樣，完全消失在頂樓，消失在起士可以看見的地方。

綠金龜的模仿犯

綠金龜的模仿犯

典型盆地城市的夏季午後，一團團長出黴菌的灰雲跟太陽處不來。當灰雲一避開，陽光就落在希望公寓的外牆，照亮乾枯藤蔓上的一隻綠色金龜子。這隻綠色金龜子像是鑲嵌在水泥牆上的一顆翡翠原石，油亮亮的，有五個月的死嬰兒那麼大。水泥牆面才發亮一會就烤出了辣味。綠色金龜子沿著蜘蛛網狀的攀牆虎乾枯莖條，向上爬了幾公分，但熱蠟的氣味還是持續燻烤牠。

維他命坐在三樓落地窗邊，吃著外送便當，又看見牠了。牠停在這面牆上，應該有四個多月了吧？維他命細數之後，更新判斷，就快要滿一百八十天了。維他命不奇怪這隻綠金龜為什麼沒有爬離飛走，或是，被某隻不小心飛過的麻雀啄食果腹。一直輕微困擾他的是，一隻綠金龜的生命週期有多長？維他命試著端著便當盒，靜止不動，微微踐起前腳離開地面，就像外牆上的綠金龜。沒多久，大腿就感到痠麻，肌肉緊綳，在聽到心跳聲的同時，他放棄了。維他命得到結論，人只有四肢，無法像昆蟲有機會讓六肢中某一隻手腳，完全閒置不用。他探頭到窗外，越過綠金龜，往一樓水泥地面上，又看見那個用噴漆噴出來的扭曲人形圖案。白色的噴漆框裡只有枯葉與水泥，沒有其他顏色，但是在他現在的位置，一直聞得到和空氣一樣輕的血腥味。從二樓墜樓，會受傷。從四樓以上墜樓，會死亡。只有三樓的高度，如果墜樓了，會落入可能死亡或是可能活下來的尷尬吧……這是他思考有半年左右的推論了。

維他命離開窗邊，回到餐桌的電腦前，為一則電子郵件打字：

維他命工作室接受你提出的服務內容。也通知，已經收到你的匯款。請你與你的朋友在今天傍晚六點，準時到……希望公寓，三樓。請謹守服務規則，以及保密條款。

從「維他命工作室」這家網路服務公司上網開始運作到現在，這類的回信都會寫到這裡，然後署名維他命，並且停止打字。但是，今天他多打了一句附註：

P.S. 在二、三樓間的水泥外牆，可以看見一隻巨大的綠色金龜子。

電子郵件迅速被騙入光纖的管線裡。他隨手將菜渣推進廚餘桶，沖洗便當盒。維他命被水龍頭流下的清水拉成線，一直到他將便當盒丟入分類垃圾桶，才又發現牆面時鐘面板裡的男人，依舊在微笑。那是一個訂製的時鐘，造型有北歐的極簡風格，面板上則油印了某個男人的照片。只不過，這位男人，不是維他命。署名維他命的他，推開落地窗戶，半顆頭掛在三樓窗外，在鈦金屬鏡框的厚片玻璃後頭，一對亢奮凸出的金魚眼睛，黑白分明，盯著綠金龜。陽光的腳程還是緩慢，綠金龜動了一下，爬得有點力不從心。等牠攀到維他命伸長手臂就搆得到的位置，已經是下午兩點十五分。維他命用指甲刮下一塊斑剝的外牆水泥，在指尖壓出細緻的粉末，撒向那隻綠金龜。牠動了一下，將蹺起的右前肢，換成左前肢，再繼續閒置它。粉末落盡，牠的兩隻前腳刷子，整理頭頂的兩根觸毛。

敲門聲這時響起來了。磕磕磕。停聲兩秒。磕磕。又停聲兩秒。最後是一聲，磕。固定節奏的敲門聲引誘維他命起身，經過堆放一本本厚重原文書的書架，到玄關打開門。門外站著一位女人，戴著淡紅色塑膠框眼鏡，綁著馬尾，頭髮烏黑，兩邊耳垂各有耳環，但在右耳軟骨位置，多打了一個洞，沒有耳環，只插了一根防止骨肉癒合的銀針，輕微地泛紅發炎。這樣的她，不能說醜，但不會吸引街邊的異性。她是那位約定好的女記者，今天下午的顧客。維他命看一眼手錶，女記者立即道歉，「對不起，塞車。轉了好大一圈，才找到停車位……」維他命讓她站在門外好一會才說，「收費還是一樣……進來吧。」

女記者落坐三人沙發，維他命回書架，在上層的《解剖生理學》與《神經學》之間，抽出了兩塊A4尺寸的兒童習字小白板。右下角凹槽裡，塞著火柴盒大小的板擦。

維他命把一塊小白板交給女記者，「有些話說不出來，或者不好說出口的，可以用寫的。」

女記者沒有多餘遲疑，就將小白板塞入大腿與沙發間的縫隙，坐正身子，「今天來，是想要採訪你……」

維他命接走了話，「我提供給妳的服務內容，是接受妳提出十個跟我有關的問題，但回答與否，由我決定。另外提供一次由我為妳決定的服務內容，讓妳體驗，不可以拍攝。現在妳要先發問，還是要先體驗？」

女記者決定發問，「為什麼成立維他命工作室，這樣的服務公司？」

「沒有特別的原因。」維他命說。

「是因為半年前被醫院解僱的關係？」

「跟那件事沒有關係。」

「那是對醫療體系不滿？」

「我沒有想過改變什麼制度。」

「那是為什麼？」

「網頁上已經寫了，『不知道接下來的日子要做什麼，所以決定為所有需要服務的人，做他們想做的事。』如果說有什麼原因，就是這個……妳已經問四個問題了。」

「你這樣不算回答了問題，我連你的名字都不知道……」

「網頁上，已經署名了。」

「不滿意可以現在停止，我會按時間比例退費。妳可以考慮一下。」

談話中止。維他命起身，拿起沙發邊桌上的馬克杯。他的餘光打量房屋裡的各個角度，偷窺到落地窗旁的陽光正在搓揉腳趾，也留意到女記者發現了馬克杯表面壓印的圖片。那是和時鐘面板上一樣的照片，同一個男人，一樣懂得微笑。

在女記者多次皺眉後，客廳的電視機突然打開，是定好時間的開啟預設。螢幕上出現某新聞台的女主播，她今天穿著鐵灰色的淑女套裝，襯衫領口同色的蕾絲邊褶，花式簡單俐落也不過分搶眼。這上半身穿著和她三個月前來找維他命穿的是同一套，不過在螢幕看不見的下半身，是一件緊貼腿型的小直筒牛仔褲，以及一雙銀亮的平底鞋。自從這位女主播加入工作室的加密群組之後，他就將電視自動開啟時間，設定在每天午後的這家直播新聞台。女主播五官很精緻，播報新聞的聲調，卻沒有為人帶來甜美的幸福。

維他命心想，是為了保持客觀專業，才不願意微笑的吧。

「今天午後，又一名男童墜樓。男童父母午睡，忘記將三樓的陽台外門上鎖，導致男童失足墜落一樓中庭。這對夫妻都失業在家，但依舊發生意外。這是本月第八起兒童失足墜落的事件，有關當局正在調查，是否有蓄意疏失。針對這起意外，主導社會福利的國家保險局也第一時間進行詐領意外死亡理賠的調查。不少社會學者公開呼籲，這種父母都失業的雙叔濟金家庭，為了擺脫持續性的生活品質不佳，進而消極不作為讓兒童意外致死、換取高額理賠金的案例，可能出現大範圍的模仿……」

女主播的台詞與現場直播的環境音，不停透過電視的嘴巴說出來。維他命想著今天是星期幾，沒有留意聽那名男童是否當場死亡，還是送醫途中死亡。他拿起遙控器，關閉電視，離開沙發，走到餐桌，看了一眼那本《談畸形與遺傳病》的醫學期刊，順手留下了馬克杯。維他命想起前天晚上之後，一直想要解剖一個畸形死胎的念頭，不見了，而這篇論文也一直停在那一頁，沒有被繼續翻閱。

「我的第五個問題……」女記者揪高音調，大聲提醒周遭，「你在網頁上提到，提供特殊服務的目的是要『維持他人的生命態度』，你指的是讓人活下去？」

「我不為人停止生命，只是讓人透過我去做平常他們不敢為自己做的事，」維他命合上醫學期刊，但期刊多說漏了一句話，「就像很多的代理人。」

「這跟你男護士的背景有什麼關……」女記者突然停話，「這個問題，我想不問……」

維他命點頭同意。女記者又陷入思索，突然將小白板拿出來，在上頭寫了什麼，又用小板擦擦去什麼，最後她還是放下小白板，開口詢問，「維他命工作室已經半年了，這段時間到這裡的人，希望你為他們做什麼？」

「我沒有統計過，不過有兩種傾向，一部分是告訴我祕密；另外一大部分，都是為他們做跟性有關的事。」

「有人請你跟她做愛？」

「沒有。」維他命望著女記者的潮濕與帶點血絲的眼睛。她臉頰的皮膚肌理與身軀四肢都輕度緊繃著不敢多移動，就像水泥牆上不願意攀爬的綠金龜。他又多釋出一段描述，「我曾經為一位母親找過高級男公關，提供場所讓他們進行交易……」維他命的話停止了。他喉頭似乎還有一些呼之欲出的字句，可是女記者快速抄寫的動作，讓他噤聲。

維他命拿起小白板，在上頭一連畫出七條斷線，「妳還有三個問題。」

女記者呼吸顯得有些不順暢，「今天，你要讓我體驗的是什麼？」

「這是第八個問題。」

維他命拿起小白板，寫出一組藍色的扭曲靜脈給女記者看：先洗個澡，會比較放鬆。

女記者想了一會，也拿起小白板，讓猶豫的藍色線蟲，爬出一句：林茉莉，我的筆名，也是我今天的名字。

女記者在維他命的指引下，進入浴室。蓮蓬頭激出水的手腳落在磁磚表面的聲音，比維他命預想的久。微量的遲疑，從浴室的門縫裡外溢。水的四肢不安分拍地踩地。維他命從一個五斗櫃的最上格，拿出一瓶精油。他選擇了茉莉花香的精油。接著，他從第三格拿出一只醫院配藥用的大藥袋，一半透明的塑膠與另一半油紙裡頭裝滿了拋棄式硬針頭。維他命隨手抓弄，每個單獨的硬針頭與包裝袋發出牢騷。維他命聽出來，水的肢體有點疲累了。維他命放下藥袋與精油，拿起小白板，在陽光的燒灼下，寫了一句問題：牠什麼時候飛走？他又看看手中的小白板，第一次覺得它真的是孩童的玩具。他看一眼三樓窗戶的外頭。對面是另一棟公寓的三樓，但灰白水泥外牆，沒有任何窗戶，也沒有其他顏色的金龜子。維他命推測水泥牆上的綠金龜應該還在。牠有嘴，但不想回應他。他靠近窗面玻璃，確定那隻綠金龜沒有飛走，牠還是沒有回答他，離去的時間。陽光一直打擾著這隻綠金龜，但相同的陽光卻給了維他命午睡念頭。他打了短短的哈欠，擦去有關綠金龜的問句，再次讓藍色的墨汁勾勒出跳著快三步的文字：接下來，還能做什麼？

原本充斥浴室的水聲，全被砌入牆面的磁磚間隙。寧靜喚回同等安靜不多話的維他命。他走到浴室門口，站了一會，沒聽見任何穿衣聲，才想開口提醒浴巾的懸掛位置，門同時打開，女記者就站在門縫裡，裹著大浴巾。蒸氣氤氳漫漫，水的肢體霧化了，無數柔軟的手腳扳開門縫，浴室用水霧的舌頭將女記者推送出來。女記者突然緩緩伸出左手，維他命基於一種禮貌反應，伸出右手攙扶。維他命引領女記者跨越門檻，她光裸的雙腳都離開了地面。水氣沒有翅膀，也沒有為她長出翅膀，有兩三秒的時間，她只有他的右手著力支撐，但女記者飄浮著，飛起來了。女記者走在地板水霧的上方，維他命覺得她的體重，只有比放在手心的一隻綠金龜，再重一些些吧。

她裹著浴巾站在維他命身邊，一直到維他命開口，「怎麼了？」

這一開口，他馬上又噤聲，想起寫在工作室加密私人網誌裡的一點注意事項：減少對顧客的發問。

「我只剩兩個問題，不能再多問。」女記者回答。

「那我們到裡頭的臥房。」

維他命先返回客廳，拿了一袋裝滿針頭的藥袋，以及一瓶茉莉花香的精油，再禮貌指引今天叫做林茉莉的女記者，走向公寓深處角落的第三臥房。

第三個臥房不像維他命的主臥房，有獨立筒雙人彈簧床、牆式的落地衣櫃、一張床尾長椅，一個五斗櫃與梳妝台……正常組成一個主臥房的傢俱都有。在主臥房與第三臥房之間還有第二臥房。當父母到台北探望維他命時，他就會布置第二臥房。一年一回，每回約一週。這期間，他們總是一起靜默無語，喝茶吃飯，閱讀書籍，上網瀏覽，如果不是維他命打開電視看新聞，希望公寓幾乎沒發現多了兩個沒有多餘表情的人。維他命在上一次他們到訪週，選了母親的午睡時刻，詢問父親，為什麼每年盛夏都要從南部到他這來住幾天？他父親也降低音量回應，因為他是他們的孩子，在死之前，至少每一年都要來陪伴幾天。現在，維他命彷彿都聽得見，父親最後微露笑意的一句話，每年夏天到這個公寓來住幾天，感覺很有希望啊……這些事，也都記錄在加密的私人網誌裡。

他們來訪的日子，應該接近了吧。維他命走在女記者後頭，才回頭瞄一眼停在牆面時鐘裡的男人，和他的微笑，前頭搖曳擺動的白色浴巾，抖落了心底的另一個推測：她應該會喜歡這樣的服務，是吧。

第三臥房只有一落貼牆的櫥櫃、一張皇后尺寸的彈簧床和一對一的分離式冷氣機。每回看到第三臥房的冷氣機，維他命總想不起來，這台冷氣機，是一個月前安裝的、三個月前，還是半年前就一動也不動停在牆上的那裡了。一對已經前往美國結婚的男同志，確實在網頁的留言板上，抱怨這個第三臥房真的太熱太熱。維他命其實很喜歡第三臥房的溫度。一年四季，這個沒有對外窗的空間一直保持著低溫。低溫讓染上黃垢的牆面輕微晃動，空空蕩蕩的晃動經常讓牆面凹陷。在多次深夜讀著皮下組織之後失眠的凌晨，維他命都會走到這個臥房，躺在雲母紋路的大理石地板，等冰涼濕氣滲透肩胛骨與脊椎，他就能漸漸進入睡眠。

「需要開冷氣嗎？」維他命問女記者。

她一點頭，冷氣機便發出低鳴。彈簧床上沒有棉被，只有一層潔白的床單包裹。現在呢？接下來，你要找做什麼？……女記者沒有開口，但這些羞澀與緊張，擠滿在她眼白加上瞳孔那一小片面積。這半年來，來到希望公寓的顧客，都清楚告知維他命希望他為他們服務的內容，但這第一次由維他命主導的體驗，也讓他忸怩，「妳可以趴在床上，就像按摩……」

女記者背向維他命，先將解開的浴巾鋪在床墊，再趴伏其上，露出完全裸裎的背身。就在她跪床與伏身那一秒間，維他命看見她渾圓的臀部與雙腿間，茂盛著雜亂的恥毛。先前的淋浴熱水，在她白白薄薄的皮膚熨開了一朵朵苞破蕊殘的粉紅色斑。它們好像要燙破表皮了，一陣冷氣涼風引起的汗毛疙瘩，又讓它們冷靜，變得嫩嫩白皙。一個月前，另一位肥胖女人的裸背，則是遍布發高燒的皰痘。一顆一顆赤紅的皰頭頂著黃色膿頭，那些被抓破的，則凹陷回體內，像顯微鏡下的活火山口，凝著半乾的血漿與膿液。當時，她靦腆寫在小白板上的指示：請你戴著醫師用的檢診手套，撫摸我的背。那是他第一次戴上那種能大量感到厚度的醫療用手套。但此時此刻，他將精油倒在沒有任何塑料薄膜的雙手，穩定摩擦。手心間溫度升高，瞬間將茉莉的香氣漫溢整個臥房。維他命觸摸到第一個地方是女記者的肩胛。皮膚上殘餘的濕潤，有助精油的快速延展，從肩胛攀上後頸，再沿著脊椎淺淺的谷道偷渡到腰間，然後再倒兩手精油，迸發更多屬於茉莉的空氣分子。他也謹慎在乳房兩側、股溝與胯下這些敏感帶塗上精油，但女記者沒有被挑逗出性的顫抖或是鼻聲哼氣。雖然沒有學過專業按摩，維他命透過指尖察覺到女記者在自己的體香中鬆弛了。就在她完全攤平、連呼吸都要消失時，飽滿的臀肉在日光燈的引誘下映著綠瑩瑩的光亮。維他命輕揉這對散發綠色螢光的奶油饅頭。一分鐘過去，他的掌心感覺到臀部肌腱逐漸硬化，最後緊繃有如那隻綠金龜的背殼，出現了完美的硬度與表面弧形。兩分鐘過去，那像是由手術刀輕劃一刀而迸開的肉條中間縫隙，流出了新生濕潤的透明羽翼，從胯間幽暗處展開微微閃亮的羽化過程，並與冷氣機的送風口產生共鳴，努力振動著無法成形的柔軟翅膀。

在靜悄悄撫摸下，那個困擾維他命的問題，從女記者的恥毛間爬了出來：一隻綠金龜的生命週期有多長？

就在他堅定要查出答案時，客廳的電視機又活過來。同一位女主播，一樣是失去甜度、無法讓人微笑的播報聲調，她還穿著同樣鐵灰色套裝嗎？維他命感覺奇怪，午後的直播新聞應該已經結束了，現在也不是設定自動開機的時間，但最近電視機確實經常自動開啟，報導SNG車現場連線的直播新聞。

「……兩個月前，知名勵志作家李亞飛在家中的浴室廁所過世，他移居美國的兒子發現時，李亞飛已經去世多日，死因是心肌梗塞，但他的屍體沒有腐爛，反而發出特異花香。法醫室今天公布的初步調查報告。承辦此案件的法醫表明，以目前的醫學科技無法解釋這種死亡後血肉與體內器官乾枯，軀體卻保存完整的狀況。不常見，但過去確實有相同案例。這個初步報告讓許多宗教界學者再次提出呼籲，在未查明原因之前，有關單位不可將李亞飛的屍體火化……」

新聞還沒播報完，女主播的聲音又消失在牆的另一頭。維他命猶豫，要不要請電視機原廠服務員來修理電視機會突然自動醒來的問題。還是不要了吧。他停下塗抹精油與按摩。從櫥櫃裡拿出一對檢診手套以及一口不鏽鋼杯，再拆開一旁的藥袋，挑選了一根粉紅色的拋棄式針頭。他戴上觸感粉嫩的手套，打開鋼杯杯蓋，從裡頭撕出一團浸濕藥用酒精的棉花。

「等一下會有點涼。」維他命說，「可能還會有點痛，就像打耳洞……」

空氣裡的茉莉與躺在床上的茉莉都靜謐無聲。隔著檢診手套維他命感覺不到藥用酒精的冰冷，但濕潤棉花在女記者的脊椎中央引起一小片的雞皮疙瘩。才一秒鐘，那片皮膚就住進一小朵淡藍色的光纖，更顯油亮。藍光下方無數的毛細孔慢慢撐開，引誘維他命手中的針頭，從這個洞口進入，游過表皮真皮皮下組織，再從另一個洞口冒出尖頭。穿刺沒有流出一滴血。被茉莉精油軟化的女記者，突然一陣微弱的顫抖，哼出一聲悶悶的嗲氣，從私處分泌出大量水體。這些高度黏稠的汁液滋補先前沒有成形的羽翼。隨著女記者持續的興奮，液體抖落更多手腳，光粼粼地，爬出她的胯間，將一大片床單染成深濕。直到某種昆蟲成形，女記者的私處不再湧出透亮的汁液。這時，空氣中除了茉莉花香，還有另一陣新鮮的血腥氣味。在維他命的引導下女記者深吸一口氣，讓全身的毛細孔都張開口。他迅速抽出針頭，一樣沒有流出一滴血。女記者全裸身子坐起來，用浴巾稍稍遮掩私處，輕輕晃動那對形狀美好的乳房。維他命這時才留意到，這張不美的五官底下，女記者擁有相當誘人的形體。標準的小骨架但蓬勃著彈性的筋肉，乳房的圓飽不說，腰間小腿都沒有多餘贅肉，最引維他命遐想的是她手肘膝蓋部位的皮膚緊繃白嫩，沒有粗心的皺紋，但女記者漸漸濕紅的眼睛，也引誘他困惑。

「為什麼……」維他命停止提問。

女記者搖搖頭，勾去剛好成形的淚水。她看著胯間濡濕的床單，眼淚忍不住滴落在這片光亮感裡，不同的是，臉頰交雜著溫和的笑意。在維他命看來，汁液染開的圖案就像一隻展開翅膀、定點飛翔的綠金龜，有六隻自然下垂的腳，頭頂兩根天線觸角頂開女記者雙腿，隨時都可以鑽回私處入口，重新盤據她整個豐腴的骨盆。女記者微笑著抹去淚痕，拿起那根粉紅色針頭，穩穩釘住床單上一動也不動的綠金龜。

「對不起，弄髒了你的床單。」

「沒有關係。」

「看起來……」女記者低頭看著那隻怎麼也飛不走的綠金龜，「好像一隻甲蟲的標本。」

「是綠金龜，綠色的金龜子。」

「製作昆蟲的標本，是在牠們活著的時候就穿刺，還是死了之後？這個你知道嗎？」

維他命沒有點頭，也沒有搖頭，只是靜靜落眼床單上的那隻綠金龜。牠比外頭水泥牆上的那隻要龐大多了。女記者改變坐姿，一盤腿，綠金龜至少有三分之一軀殼，鑽進私處，她的聲調也輕輕飄飄興奮起來了，「告訴你一個祕密……剛剛那個電視新聞的主播，是我大學學姊，她因為臉蛋好，坐上了主播台。其實，她跟電視台的每個長官都睡過，有些長官都有兩三個小孩了……不過，她沒有錯，這一行很競爭。就算我想，長官可能也不願意……」

維他命想起那天女主播第一次到他這裡來提出的服務指示：不管你是誰，請陪我一起去刺青。維他命跟她一起到了一家裝潢設計相當前衛的刺青藝術館。幫女主播刺青的是一個會說流利中文的外國男人，那時女主播的兩邊肩膀都紋了細長的羽翼。這對羽翼不是鳥類的羽毛翅膀，而是昆蟲特有的半透明羽翼，上頭還散布紅色藍色青色交織的細網血絲。那一次女主播開始由側身紋到臀部上方，描繪一個大眼睛的輪廓。之後，維他命都固定在週四的晚間六點到八點，靜靜與那隻眼睛對話。一連幾週，原本白皙的眼白染上青底，瞳孔部位則吃進碧綠的染料。完整上色之後的，是一隻青綠的眼睛，當它一眨動眼瞼，窗外的陽光就會躲在睫毛尖端，在這種綠顏色的凝視之下，維他命微微充血勃起了幾次。他為此心生羞愧，便在加密網誌上的注意事項，補充一點：不可以與顧客發生直接的性行為。

女記者凝視著維他命，直到他點頭，她才繼續描述，「剛才我學姊報導的新聞，就是最近小孩意外墜樓的事，我也去採訪了第六位墜落小孩的父母。」

維他命判斷了一會，才提出詢問，「小孩死了？」

女記者呼出一口氣，乳房沉了幾公分，她繼續拼湊事件，「是一個男孩，才三歲。他的母親說，小孩躺在水泥地上一動也不動，不知道是不是因為只有三樓高，他幾乎沒有外傷流血。救護車來之前，他們都不敢碰他，一直到急救員搬動小男孩，他們才在小男孩緊緊握著的手心發現一隻綠色的金龜子。」

「綠色的金龜子？」維他命是有點驚訝了。

「嗯，就是你剛剛說的那種綠金龜。」

「還活著嗎？」

「嗯，從小男孩鬆開的手裡爬出來，然後就飛走了……」女記者低下頭，散落的頭髮遮掩了半張臉。只剩下半張臉的她的乳房，更誘人了。她用指尖輕按幾次還興奮凸起的乳頭，接著說，「我問他們有沒有領到保險金？兩個人都點頭……那時候他們臉上還有眼淚，不過就是笑了。」

維他命沒有微笑，也無法想像那對父母的微笑，他只好猶疑，外牆上的那隻綠金龜，不知飛走了沒？

「關於你……」女記者的聲調帶點甜膩，「我還有幾個問題可以發問？」

維他命不再遲疑，立即回應：「還有兩個。」

「我想知道……你喜歡現在這種工作的生活嗎？」

女記者提問時改變了雙腿的姿勢，那隻由汁液生成的綠金龜也就爬進她體內多一點。維他命一直盯著牠。第三臥房漸漸萎縮成一個在等人的寡婦，無法容納更多的話語。維他命突然指著地板說，「要不要下去二樓看一看？」

「二樓？也是你的公寓嗎？」

「妳要留意妳的問題……不過，這個問題和我無關，不列在約定的十個問題，」維他命落入沉默，想了一會才說，「不是我的公寓，不過我有鑰匙。」

女記者遲疑了一會，沒再多問，用浴巾簡單包裹下半身，起身下床，留下被針頭釘著的綠金龜。她回到浴室，只穿上白襯衣，沒有加上鐵灰色外衣，便跟著維他命出門。大門一關上，三樓的樓梯間只剩下蟬叫，聽起來牠們都被關在厚重的木桶裡。隨著他們走下二樓，蟬是一整批一整批在木桶裡死去，不再發出共鳴。

抵達二樓公寓門口，維他命從鞋櫃底部探探摸摸，拉出一根鑰匙，將門打開。小小的玄關沒有任何特別擺設，但鞋櫃上都是書。簡體書、繁體書、平裝書、精裝書，以及各種奇怪羅馬拼音的外文書。正前方接連客廳，廚房也在客廳的邊角，這兩區的家具也被各式各樣的書躺著蓋著。左手邊通道，依序是主臥房、第二臥房、第三臥房。主牆隔間牆、主樑側樑，全都和維他命的三樓公寓同卵雙生。那個貼著老舊碎花壁磚的浴室，彷彿也是從三樓突然下陷掉落到二樓，不過現在浴室門緊緊關閉，門把上吊掛著酒店旅館常用的掛牌，「請勿打擾」。

「這裡的公寓設計都一樣？」女記者音量極低。

「希望公寓是一樣，只是分左右兩邊。社區其他公寓，我沒有進去過。」維他命也壓抑了聲量。

「主人在嗎？」

維他命指向浴室，女記者這時才意識到那塊掛牌正被使用著。

「他是一位知名的老作家。他喜歡蹲馬桶看書，我有幾次過來送東西，他在馬桶一坐就是一整個白天。」

「他叫什麼名字？」

「我沒有問過。」

「那上次見到他，是什麼時候？」

「很久了，應該有兩個月。」

「那老作家，不會……」

「有可能。」維他命靜靜看向浴室。

「你常過來……我是說，老作家需要什麼幫助嗎？」女記者發問了。

維他命猶豫，停頓了好一會才說，「他是維他命工作室的定期顧客。他在美國的兒子看到我的網站，請我有空時過去看看他父親，很巧，就在同一棟公寓，而且就在我樓下。一開始老作家也很反對，他兒子很堅持，我們約定在不打擾老作家閱讀寫書的前提下，我自己拿鑰匙進出，幫老作家打點一些生活需要。」

維他命接著帶領女記者穿過走道，兩人一路走到老作家的第三臥房。那裡是書房，書桌張開四條腿捧著穿透窗戶的陽光。椅背上有一條失去水分的毛巾，乾燥成一塊大蛇脫落下來的外皮，死了，但布滿會刺人的碎鱗。其餘三面牆上都是書架。

「這個房間是有窗戶的？」女記者問。

「是裝潢的時候打掉的……老作家需要更多陽光吧。」維他命說。

半年前老作家請裝潢師傅來施工書房，火在二樓三樓的天花板、地板、牆壁時不時就開口說話。那時候，維他命完全無法靜下心來，經常猶豫要不要到社區外的咖啡廳上網，但他還是一次都沒有離開這個三樓公寓。那段裝潢時光，維他命每天都留意到天亮時的天色，也看著太陽改變客廳家具的亮度，直到傍晚六點。不管太陽是不是還占據窗戶玻璃，在灌耳的鑽鋸敲打聲裡，牆上時鐘面板裡的男人，微笑得更飽滿了。

女記者走到書桌旁，發現一些壓在玻璃底下的便條紙。這些是從不同筆記本上撕下來的，大多受潮泛黃，上頭寫著姓名、電話號碼與地址。她自顧自地說，「不知道這些人，是不是都還在……」維他命也走近，小聲唸出紙條上的人名與地址，「上個月，我還聽見老作家跟他朋友通電話。」

女記者挨近他的側身問，「誰跟誰通電話？」

「老作家跟他這些朋友。」維他命指尖劃過那些發抖中的阿拉伯數字。

「你跟他很熟？」

維他命凝視著她好一會，沒回話，表情像是一個剛被逗得快要生氣的孩童。他拉出書桌左邊的第三格抽屜，反著倒立起來。空空的抽屜倒出悶熱的空氣，但一個鼓鼓的白信封被釘在抽屜的後框底部。維他命拔除四個角的銀色圖釘，卸下信封，抽出裡頭的紙鈔。小小一疊都是佰元面額的美金，目測粗算，大約三十張左右。女記者盯著紙鈔，也算數了，「這樣差不多十萬塊台幣吧。」

「他還是沒有準備好……」維他命說。

「準備什麼？」

「我想是去美國。」

「他跟你聊過？」

維他命依舊沒有回答，又貓下身。這次，他雙膝跪在地上，從右邊桌腳的內側扳出一塊工整鋸開的木腳長塊。木塊的中心已經被挖空，裡頭有一把橘色塑柄鑰匙。女記者輕微驚嚇，「你怎麼知道這裡有鑰匙？」維他命依舊沒有回答，仔細打量鑰匙，上頭並沒有特殊的文字或編號。

「好像是健身房的置物櫃鑰匙。」女記者說。

「他不是會上健身房的人。」維他命說。

維他命將美鈔放回信封。他將四顆圖釘的尖針，精準刺入信封四角原來的四個小紙洞，再將針頭釘回抽屜底部的另外四個小木孔，牢牢壓緊固定，確定紙鈔不會從反折封口散落，最後將抽屜插入原來的方形洞裡。維他命轉身打開靠牆的一個櫥櫃，裡頭有一個小型保險櫃。他用那把鑰匙打開保險櫃，保險櫃裡堆著大量的筆記本和一疊疊已顯枯黃的手寫稿紙，上層邊角有一落還綁著銀行紙條的仟元鈔票，整齊疊放，但只剩三分之一厚度。維他命抽走一張仟元鈔票，將保險櫃再度關鎖，最後將鑰匙藏回書桌一隻腳跟。

「每個月老作家的兒子會從美國匯一筆錢給我，我領出來放在保險櫃，每次下來，我再拿走我的服務費用……我只是幫老作家的兒子，看著他。需要做的，就只是這樣。」

女記者沉落一整張臉，又一次，摸過玻璃底下的便條紙，嗯的一聲，只點了一次頭。書房雖然開了窗，但和維他命的第三臥房一樣偏潮濕陰涼。女記者這時一陣發抖顫動。少量的汗水從她白色襯衫的纖維裡滲透出來。先前穿針的背部，維他命看見兩塊特別深色濕塊，但不是血漬，是有重量感的墨綠。他沒有觸摸，也沒有告訴女記者，只是想起曾在某本醫療期刊上，讀過一則有關人體汗腺排出綠色微量毒素液體的案例報告。回去吧。維他命的眼神肢體都表達出意向。女記者一轉身往外走，一陣濃郁的花香湊近他的鼻頭。是茉莉花的香氣，但還交雜一種不知名的花香。女記者身上的精油隨著往外走的步伐劇烈興奮，充斥著整個書房與走道。經過浴室門口時，兩種香氣彼此間的對抗達成平衡。維他命停在浴室門邊，嗅著濃郁的花香靜靜傾聽。他先是聽見兩步之外女記者的呼吸，然後是她的心跳，再來是自己的心跳，最後，才從浴室門板夾層找到，一聲，書籍紙張被輕輕翻動、飛過空氣的微弱細語。

維他命又再看了一眼門把上的掛牌，一樣是「請勿打擾」。

他們離開老作家的寓所，關上房門的同時，電梯噹一聲剖開腹肚，生出兩位沒有打算出生的女孩。她們一高一矮，長髮和短髮，細瘦與勻稱。她們的相貌有點差距，但緊緊牽手不願意離開對方。「這是二樓。」其中一位說了，她們又匆匆回到冷冰冰的方形子宮，繼續上升。等維他命走回三樓門外，電梯剛好停在頂樓，七樓。數字7的燈號熄滅了。七樓之上就是希望公寓的公用天台，昨天第三臥房換洗下來的床單，還在天台上晾曬，但維他命不記得希望公寓裡住過這對長得不像姊妹的年輕女孩。第一隻夏蟬醒了，同時數百隻都醒了，就像控制鈕損壞的鬧鐘，永遠都不想要再停止鳴叫。牠們的聲音從三樓樓梯間的外窗傳來，又幾乎同一秒噤口失聲。

維他命佇立在門口，看一眼手錶說，「妳剛才問的問題，我現在可以回答妳。」

「哪一個問題？」

「我是不是喜歡這種工作的生活？」

「你喜歡嗎？」

「我不喜歡……不過慢慢可以習慣了。」

回到希望公寓的三樓，女記者收拾好私人物件之後，才對維他命吐露，「謝謝你，帶我到二樓。」

「不會……我們約定的時間到了。」

「我還有一個問題，是吧？」

「最後一個。」

「如果可以慢慢習慣了……為什麼接受我的訪問？」

維他命洩了氣，露出憂愁。女記者不知如何是好，趕緊補充，「這個問題你可以不用回答……」

「不……我沒有接受妳的訪問，我只是提供了妳十次發問，和一次體驗的服務，就只是這樣而已。」

維他命禮貌簡單道別，送女記者出門。女記者沒有回頭，也沒有等電梯，直接從樓梯往下走。維他命回到公寓，那一片落地窗染上了午後四點半的光纖顏色。徐徐微風從被打開的窗戶口伸進手，牽起窗簾輕輕搖曳著。太陽的另外一隻腳占據另外半邊窗戶，沒有要移動的念頭。

他分別看一眼時鐘面板和馬克杯上的男人，但都問了同一個問題，「十個問題，還是太少了，是吧。」

突然地，玄關傳來不規則的敲門聲，每一次敲門與下一次敲門聲響之間，像一顆突然失手掉落在玩具房的玻璃珠，不知道會撞上什麼，也無法預估彈跳的高度。維他命沒有出聲，一直等到蟬鳴和敲門聲都對自己的行徑厭煩了，也沒有上前開門。電梯應該還靜靜停在七樓吧。當這個念頭閃過，電視機又突然醒過來，自動開機。女主播剛結束一則高速公路連環車禍造成回堵的新聞。螢幕上高速公路塞車畫面一消失，女主播的聲調就微微改變了，變得有點悲傷，她的臉上也反而出現為了努力維持客觀冷靜的微笑。

「現在，插播一則新聞，一位知名周刊的女記者，林茉莉，今天午後被發現陳屍在市中心的希望公寓外頭。發現她的民眾指出，這位死亡的女記者全身赤裸，散發著濃烈的茉莉花香氣，全身像是被塗上一層油，但皮膚發出綠色的光亮。這是孩童連續墜樓事件後，第一起成人墜樓事件。現場的警方與法醫還沒有對此案發表任何說明……」

聽到這則新聞插播，維他命想要探看窗外，但僵化的身軀，無法讓他順利移動到落地窗邊。他先縫合電視機的嘴，讓美麗的女主播失去播報新聞的能力，接著走近餐桌，移動上頭的滑鼠。電腦硬體的反應和他現在的身體一樣，不夠快，也好像有什麼線路斷了連接。螢幕保護程式持續了幾秒，那隻被困在電腦螢幕上的卡通刺蝟，滾成一個帶針的迴力球，撞向一邊框，再彈向另一邊框。圓球刺蝟滾動的路線，看似隨機，但再盯看幾秒，就可以預測到程式設定好的下一條重複路線。維他命再次搖動滑鼠，一陣卡通煙霧打出刺蝟原形，隨著散落一地的煙泡，牠躲進發亮平面的綠色深洞。維他命重新開啟藍色的網路瀏覽器，直接進入已經設定好的維他命工作室首頁。

看著這個網站首頁，維他命問了自己一句：接下來……要做什麼？

磕磕磕。停聲兩秒。磕磕。又停聲兩秒。最後是，磕。是維他命熟悉的敲門聲，他迅速走近打開門。門外是剛才那兩位年輕女孩。她們站在門外，高瘦短髮的正要開口說話，但被另一位像可愛妹妹的制止。

維他命沒有再跨出一步，走到公寓門外。他在玄關處詢問，「有什麼事嗎？」

「我們看到外頭的牆上，有一隻金龜子。」

「綠色的。」

「好大一隻。」

「我們沒在希望公寓看過那麼大的甲蟲。」

「不知道是真的還是假的？」

「我們可以進去看一下嗎？」

兩位女孩像蟬一樣共鳴。維他命沒有考慮很久，將門嘴張得更大，讓她們順利進房。維他命將門關上，在玄關站著，被陽光曬得無法微笑。電視機又再一次掘開了棺木，自動開啟，同一位女主播，已經收起先前隱忍的微笑，但是一樣淡淡悲傷地描述著另一段插播新聞。

「根據本台記者調查，就在今天發現周刊女記者林茉莉死亡的同一個地點，半年前，也有另一位男性墜樓死亡。目前警方只查出死者是一家網路服務公司『維他命工作室』的負責人，網路用戶註冊是維他命，但沒有在三樓住所查到任何資料，也沒有親人出面指認，警方目前都還沒查出他的真實姓名……」

女孩們走過客廳時，只是看了電視一眼，並沒有特別注意電視的報導。維他命則專注傾聽這則新聞。之後，他走到落地窗邊，幫女孩們將窗戶推得更開，方便她們都探頭出去看那隻綠金龜。這隻巨大的綠色金龜子，在有點疲倦的光線下，閃爍那油亮的綠色外殼。女孩們對牠指指點點，牠發現她們了。牠突然整理起兩根天線觸毛，但又馬上靜止不動，繼續以蹺著一隻腳放穩五隻腳的姿勢，忍耐著已經不那麼灼辣的太陽。

維他命陪她們一起向下查看，突然出聲問女孩們：「妳們有什麼事……想做的嗎？」

「想做什麼事？」

「我們應該沒什麼特別事。」

「是現在嗎？」

「喔，那就是想好好看清楚這隻綠色的金龜子。」

「對啊，不知道有多大。」

「這樣也算是在做一件事吧。」

「當然，不然現在我們在做什麼……」

女孩們一連對話，但都沒看著維他命說話。她們也因為一串的自問自答，面對面靦腆笑了起來。所有在社區行道樹上死去的蟬，一聽見，又活過來，跟她們一起共鳴。不知為何，蟬鳴突然又沉默了，女孩們快樂的共鳴也死去，兩張青春人臉的表情模仿綠金龜，僵住肢體，一動也不動。

越過綠金龜，維他命才發現，女孩們是被一樓水泥地面上的白色人形噴漆，關閉了聲音。維他命對她們說，「別怕，沒有人在那裡……那是我噴的。」

女孩們又小小聲地，用只有兩隻蟬聽得到的音量，偷偷共鳴起來了。

「嚇死我了。」

「是啊，從樓下走過，都沒有看過有那個噴漆。」

「真的，沒事在那裡噴那種塗鴉會嚇到人的。」

「……我們該回家了。」

「……要想一想，今天，有什麼事還沒做……」

兩位女孩離開落地窗，謝謝維他命，慢慢走向玄關。經過沙發時，他叫喚她們，「妳們……能問我一個問題嗎？」

兩位女孩聽到問話，又往玄關多踩了一步，才停下來，面面相覷，沒有多一句鮮活的對話，也沒有死氣沉沉的共鳴。

「沒關係，什麼問題都可以問。」

兩位女孩環視公寓內部，一高一矮，高的停在時鐘上，矮的停在馬克杯上。她們找到了同一個問題，「照片裡的男人……是誰？」

維他命淡淡笑了。窗外除了蟬鳴，就只剩下夏天，跟昨天前天，或是更早幾天的夏天，都差不多的夏天。不過，今天，因為這個問題，他終於可以微笑了。

三樓窗外這時剛好吹來一陣風，趁著這一陣靠近傍晚的涼風，他回答她們說，「他……只是一個剛好路過的小偷。」

光與鴿子的對話

光與鴿子的對話

咕嚕咕嚕。鴿子先發出特有的鳴叫，然後才開口問說，「你覺得，那個男人，出來了嗎？」

「有二十年了吧。真的不知道。」背脊已經彎曲的光說。

那一晚，廣場外頭的同一盞路燈底下，白色光纖滋滋明暗。一輛警車閃爍的影子不時壓上另一輛調查局的轎車。有一雙手，被銀亮的手銬接連在一起。光和在夜裡落單的鴿子，站在深夜的廣場裡，看著一位二十出頭的男人被押進警車。警車啟動時，那男人的喊聲從車窗縫隙流溢出來。

「在這裡等我。」

這句話是對誰說的？光的思緒無法捕捉。就像他從沒計量出二十年會有多久多長。日子被鑲嵌在地面的方石地磚縫隙裡，在路燈的光照下，一動也不動。光想不起那男人的長相。就像現在。他也無法確定，眼前的鴿子，這位曾經年輕的女孩，改變了多少容貌。

「你的頭髮，很好看。」光說得緩慢。

「我用樹枝梳過頭了……你喜歡嗎？」鴿子眨動不停溜轉的眼珠。

「很適合你。」

光撐起微微垂落的眼皮，融入落地投射燈的黃光影裡，仔細打量鴿子。他注意到有一層淡淡細緻的粉末壓在鴿子的臉頰皮膚。她的頭髮，染了色，在夜光裡，同時泛起油黑、草綠、粉紅的光澤，如同賽鴿脖頸的細羽。眼前鴿子的皮膚，比光記得的還要嫩白，像是有人從皮下吹入氣，浮起一片光滑。光想，是日子，吹入了這一口氣。原本瘦瘦的鴿子，以年做計時時間，慢慢豐腴起來。在薄薄的襯衫裡，緊緊繃著充滿脂肪的胸脯，就連乳頭都扎實站立。

「你的母親，怎麼樣了？」光問。

「老樣子，昨天她打越洋電話給我，說那邊有暴風雪，不大，可是出不了門。」鴿子說。

「四月了，還有暴風雪？」

「是啊，在這邊，很難想像吧。」

「……那孩子呢？」

「離開我了……其他都是老樣子。」

老樣子。聽著這樣一句描述，光很難想起鴿子母親的長相。依舊是短髮嗎？還是喜歡戴著光圈耳環？眼角一樣也布滿魚尾紋了吧……光想像著，眺望廣場，卻無法看見黑夜深處的廣場邊界。

「對了，你要手術的事，怎麼樣了？」光說。

「今年夏天飛過去。前幾個月，開始打荷爾蒙了。」

「錢夠嗎？」

「有朋友先幫我處理了。」

「哪一位，我認識嗎？」

「就一般的朋友。」

「醫生呢？」

「已經找好了。手術完，會暫時借住在那邊……這次說不定會待久一點。」

「還會回來嗎？」

「至少要回來還朋友錢。」

咕嚕咕嚕。鴿子的喉嚨裡滾動著結音。光聽見草皮上有蚊蟲爆裂的聲音。在深夜聽起來，像是鄰居為賽鴿進行飛行練習時對空鳴放的炮竹。每個晴朗的傍晚，那位鄰居便會瞄準橘色的雲朵施放沖天爆竹，驅趕想要偷懶飛回巨大藍色鳥籠的鴿子。少數年輕的賽鴿會驚慌飛竄，但一會後，又會回流到橢圓形的飛行軌道，繼續奮力盤旋。

「這邊沒有醫生做這種手術？」光問。

鴿子露出少許的苦笑。

「對不起。」光的語音，更衰弱了。

鴿子笑著搖頭。

同時搖搖晃晃的，還有從遠方偷渡過來的紅藍光印。一輛警車，緩慢駛過廣場外圍的車道。只是巡邏。警車繞著廣場，往同一個方向駛去，直到掉入二十年前的夜洞深處，完全消失。

「看到那種閃燈，還會緊張嗎？」鴿子說。

「慢慢習慣了……」光回答。

光點燃一根菸。打火機照亮了一小片的廣場地面。方石的縫隙說話了。只是小小的一聲，她來了。是一位年輕的女孩。在菸頭的紅光裡，光看見模糊的她，穿著簡單的套頭T恤牛仔褲，留著一頭短髮，耳垂下搖晃的巨大圓形銀色耳環閃爍著路燈的昏黃。她沒特別停留，看一眼光，留下善意的微笑，轉身走了。這年輕女孩沒有進入這個深夜的廣場，反向走往外頭的馬路。初嫩的身軀漸層刷淡，最後消失在明亮的路燈下。

「你要告訴我答案了嗎？在我走之前。」鴿子說。

不管多少年，光還是因為這個問題，瞬間緊繃，心跳加速。光把彎曲的身體，稍微弓張開來，面對煙霧裡的鴿子。

「在那種地方，領養一個黃皮膚的女孩……我只想知道，為什麼？」鴿子說。

光只是點頭。吐露白煙點頭。被晚風吹壓點頭。夜光也無法照明光微微凝固的臉頰。

「等我再回來，我就不是我了。你還是不想告訴我？」鴿子咕嚕咕嚕。

「對你母親來說，你還是你。」

光呼出所有的白煙，包裹沒有邊界的廣場。兩顆濁濁暗黃的眼珠，也學鴿子，骨碌碌溜轉，不停尋找白天留落在地面上的玉米粒小穀子。

鴿子嗤的，笑出聲。咕嚕咕嚕。一個轉頭，光注意到，先前經過的警車停在廣場邊緣的車道上，持續閃爍著紅光藍光。鴿子也注意到了，不再發出咕嚕咕嚕。鴿子打點手臂上的汗毛。它們騙來路燈的光，亮成微弱的金黃。

夜風割出了光年老的呼吸，比先前更急促了一些。

鴿子試著露出笑容說，「她說的那個人，其實是你，對吧？」

「一直以來都不是我……只有這件事，你要記得，也要相信我。」光說完，轉身背對鴿子，駝著背，沒有走向路燈明亮的周邊馬路，走入邊界模糊的廣場，慢慢融入夜色。直到光融入那沒有光的深處，鴿子都沒有再開口出聲。

博士的魚

博士的魚

他坐在更衣室的長板凳，撫平襯衫的蘇格蘭花格紋，試著讓紋路平行。下襬整齊塞入卡其色的西裝褲，格紋又紛亂了。他穿上有氣墊設計、耐走耐磨的休閒皮鞋，推想著，一天天衰老的太陽，更懂得纏擾敏感皮膚，因此打開一格方型小置物鐵櫃，拿出一頂漁夫帽。他也擔憂，悶熱的秋末午後，一個不耐煩，就會吆喝幾批結黨的陣雨，於是又打開另一格長形的鐵櫃，勾出一把手工製造的高級雨陽傘，掛在左小臂。他順勢展開左手心，算數平擺的螺絲帽接合片。這幾片中央空心的圓鐵片，大小不一，不到十片，距離需求的數量，還有點遙遠。他將它們放回褲袋，結上領帶，從最大尺寸的置物鐵櫃裡，卸下西裝，再套上快要一百九十公分的衣架子。這個男人走出更衣室，經過臨時辦公室，但早就沒有管理員向他收費，或是檢查住戶證。他再檢視一遍書桌上的那尾魚。那是一尾用保麗龍磨出來的魚，躺在世界地圖上，滑著熱帶海洋洄游魚類特有的流線身形，雜交了公孔雀羽毛的顏色。泛著紫色、綠色、藍色的快乾噴漆，一朵一團勾勒出全身魚鱗。這尾精雕細琢的保麗龍魚，從社區資源回收集放處撿回來的時候，就已經失去尾鰭，原本一翻轉就可以靠近死亡的魚白肚，也不見了。連同那些容易被風吹走的白魚心、白魚胃、白魚腸、白魚膘，全都被狠狠咬走。魚頭也被咬了大半邊，陷成一凹窟窿，裡頭盡是米飯顆粒大小的保麗龍。第一眼看到這尾魚，他想著，究竟是社區裡的哪一隻虎紋貓，搶不到好心的貓食，才決定張嘴去品嘗。

這次，他一走出更衣室，又遇上那位最資深的老清潔隊員，正在用掃帚集中防滑階梯的落葉。他退一步，想要回到更衣室，但老清潔隊員搖起掃帚頭，落葉全都向他招手。

「你在更衣室多久？」這不是老清潔隊員第一次提出這個問題。

「有一段時間了……」

老清潔隊員又提出一個問過很多次的問題，「你住在哪？」

他像老貓移開臉，露出少許厭煩，回答一個最近已經牢記的社區信箱住址。

「有沒有向管委會提出申請？」

他看一眼游泳池，只是一轉眼，池底就沉澱出一整個夏天的灰塵飛泥。他的微笑多了羞澀，又轉開臉，假借另一邊的竹林，搖晃回答，「還沒有……等確定要住進更衣室，就會去申請登記。」

社區游泳池興建之初，在更衣室後邊栽植了一排竹林。這些被烘乾成黃色，又閃爍著透明漆光亮的竹林，到現在，已經長得過分茂密，風一來就磨牙，彼此嫌棄。這片造景竹林的另外一邊，是社區的室內健身房，裡頭配備了專業健身中心的所有器材，不過他一次都沒有進去使用。七級的強烈地震之後，健身房安好，但室外游泳池就留不住水了。社區管委會找了當初的建商施工單位，也找來社區裡最懂滲水問題的防漏專家，都查不出這個二十五公尺長、八個水道的大水槽，究竟是哪裡滲水，也不知道水流到地底的哪裡。一整座游泳池的水，放滿之後，慢一些，三到五天就被空氣裡快要渴死的野馬水牛喝乾；快一點，睡一個晚上，幾噸的水就被月光掏空，裸露著失去水折射的粉彩馬賽克磁磚。幾個夏天的修補，游泳池始終鬧著彆扭，不願意留住水。管委會也只好決議，暫停開放游泳池。

就是在這期間，他走下乾涸的游泳池，這邊踩一塊磚，那邊摳摳縫隙的填灌劑，開始長時間窩在更衣室。夏天幾個連續無雨的熱夜，他點一卷蚊香驅蟲，把雙門冰箱的包裝箱，拆成一張紙床，直接就睡在游泳池底部。

先發現他的人，就是這位經常重複打掃同一個防滑階梯的老清潔隊員。老清潔隊員不是社區巡邏隊，沒有追問他是誰，待在更衣室做什麼，只是把有個中年男人使用游泳池更衣室的事，順口告知一位在社區自學學院擔任講師的管委會委員。講師委員也沒有第一時間前往探視，在一次陪女兒散步捉昆蟲時，碰巧遇上了他。當時，他正在社區側門圍牆邊的資源回收集放處，停停飛飛，在不同的分類垃圾桶之間，轉成一隻想要產卵的果蠅，但不知想要尋找什麼寄生物。

講師委員覺得他有點面熟，也有點生疏，但看他穿著整潔，依舊禮貌詢問，「請問，你是不是經常使用更衣室的那位先生？」

他點點頭，下巴梳理整齊的一小撮山羊鬍，也跟著向下叮了鎖骨心。

「我是社區管委會的委員……你是社區的住戶？」

他站得挺挺，背誦出另一個已經牢記的社區信箱住址。

這個高級社區的住戶太多，也很重個人隱私，講師委員只是遲疑一會，立即又開口詢問，「先生在更衣室做什麼呢？」

他低落面額，不敢看講師委員和依偎著的小女兒，只是埋頭啄食被整理乾淨的回收舊物，支支吾吾，「……做研究。」

「什麼樣的研究？」

「什麼都做一些。」

「為什麼？」

「因為……我是博士。」

這樣表白身分，兩個耳垂都浮浮發紅。他馬上又被集放處角落的一個水族箱吸走目光。微風這時抬起手，托著他的臀部緩緩坐落。他撥開已經遠離海岸的白沙，挖出埋葬在裡頭的一片扇貝貝殼，拂拭上頭已經死去很久的珊瑚礁細骨，靜靜觸摸那些輻射開來的紋路。

講師委員的小女兒，兩眼好奇，「那是什麼？」

「可以是……魚的尾巴。我想可以吧。」

小女兒這時高高舉起手中的昆蟲箱，「這個是你做的嗎？」

博士專注看著那塑料的透明箱，裡頭裝了一隻蝴蝶。蝴蝶的黑頭是一顆烘焙過的咖啡豆，身體用人造皮革綑綁出來，兩根觸鬚是剖半折斷的竹牙籤，翅膀是用牛仔布料剪出四葉幸福草的葉子形狀，再黏出乘風的力氣。蝴蝶沒有腳，站不住，只好在昆蟲箱裡一直拍動翅膀，不時撞上透明塑料，發出回答。

「不是，如果是我……至少會幫牠做一對腳。」

之後，博士住在更衣室、做重要研究的消息，很快就在這個城市都心的大型別墅社區傳遞開來。遇上富裕的別墅社區居民，博士經常是羞澀而有禮貌的，他們也認為博士不是流浪漢，管委會也就默許他在更衣室進行研究，沒有張貼任何公告，只是口耳相傳，請大家盡量不要打擾博士的研究工作。為了回應社區居民不多打擾的善意，博士每一次經過游泳池的公共廁所，都會再一次用清水把一頭捲髮分出邊線，梳理成完美的西裝頭，然後戴上那一天選中的帽子。

這個早晨，博士戴上遮陽的漁夫帽，把雨傘拐成第三條腿，點成蜻蜓的尾巴，慢慢走向社區的資源回收集放處。幾個分類箱緊靠牆垣，外頭就是市中心的主要幹道，隨著博士越來越靠近，別墅社區外的車流引擎、便利商店流出來的音樂，還有公車開啟的閥門氣動，都爬上高高的社區圍牆。不同重量的聲音翻過近四公尺高的圍牆，偷渡穿過通了電的流刺鐵網，瞬間就被兩百二的電壓撫摸酥軟，也被磨去尖銳。最後滾進博士耳洞的，已經是有點柔潤的玻璃珠。

「博士，你好。」聲音是三角形的。

說話的人是那位講師委員的小女兒。她梳了高高的馬尾，抹了厚厚的髮膠，在後腦杓束成黑鐵打的燈罩，一樣拎著同一個昆蟲養殖箱，啊的一聲，露出驚訝，「他們說，如果博士打領帶，穿上西裝，就不可以打擾。博士穿這樣，一定在找重要的東西。」

「沒關係……」博士點點頭，那小小撮、捲捲的山羊鬍，出現羞澀的弧度，拉彎他的腰，「妳有什麼事？」

小女孩拎高透明箱子，一些些驕傲與竊喜，「我又抓到這隻螽斯。」

螽斯圓滾滾的身體，是黃銅的燈泡感電底座。兩根長長的後腳，有刺，是社區花園剪下來的塑膠玫瑰花的枝梗。四隻前腳也是塑膠的刺梗。應該是同一個燈泡的破玻璃，貼出兩片紅色的翅膀。博士靠近觀察，螽斯開始梳理那對黏在底座尖端的頭鬚。

小女孩端著下巴，一臉推測，「牠的觸鬚，是小黑掉下來的毛。」

博士支支吾吾，「應該是的……做得很像……應該就是螽斯。」

小女孩雙手扠腰，「可是，我已經養了很多天，都沒有聽見牠唱歌。就是書裡頭寫的，唧唧唧。」

博士趕緊解釋，「這隻蟲斯不是我做的。」

「我知道，如果是博士做的，一定會唧唧叫。我把螽斯放在草皮上，牠就是不想叫。」

「社區鋪了很多真的草皮，也種了很多假的韓國草皮，還有很多塑膠做的玫瑰花、牡丹花、桂花……我知道，那些爬在別墅牆壁上的紫藤，是真的。不過，每一棟別墅門口兩棵很粗的大王椰子樹，一棵是真的，另一棵是用橡膠模造的……可是也都長得一樣高……」

小女孩愣著聽著，黑白清透的眼珠，不知道這一段想要解釋的說法。博士趕緊改口說，「我想，這隻螽斯……可能還不習慣。」

「我房間的塑膠聖誕紅，是真的，我每天都澆水。」

「這樣很好……那隻蝴蝶，還好嗎？」

「博士幫牠做了四隻腳，蝴蝶就可以站了。我養在房間，牠就一直停在聖誕紅的葉子上，不太想飛了。不過，牠不用吃東西，也可以活。」

「可以活……這樣很好。」博士的視線，也停在一片沉默的葉子上。

小女孩突然發問，「博士，你是不是神經病？」

博士先是發愣，然後難得開心笑了，「可能是吧。」

「那你就不是了。」

「為什麼？」

「小黑說，神經病不會說自己有病。」

「是嗎，小黑說的……有病，這樣也很好。」

「生病不好。」小女孩又主導了談話，「博士，今天要找什麼？」

博士有點羞怯，也開始急躁了。他從褲袋握出那一小把的中央空心的圓薄接合片，攤開給小女孩看，「想找這個。」

小女孩上前觸摸了其中一個接合片。她柔軟的指心皮膚，壓過空心洞，在博士手心印了有溫度的泥。

「博士，這些是什麼？」

「……魚的鱗片。」

「鱗片啊，找到了嗎？」

博士轉身探看資源回收集放處。牆角的鐵器鋁罐分類箱，完全是空的。塑膠分類箱裡，有幾根被鋸斷的塑膠榕樹樹幹，估計是長得太茂盛，干擾了散步步道，才被修剪鋸斷。廢紙分類箱裡，有幾個原裝液晶電視、熱水機、冷氣、冰箱、微波爐、奶瓶殺菌器的紙箱，工整地綑綁出一個社區的新入住戶。又有人搬到社區了。博士想像著這個新搬遷的家庭，一對夫妻和一個小嬰兒吧。他走上前，查看貼在紙箱子上的快遞送達住址，在心底反覆背誦，牢牢記下了這個住址。

小女孩又出聲打擾，「有找到嗎？」

「沒有……應該不容易再找到。」

「這種鐵片，到社區外面，應該就可以買到了，對不對？」

一旁的圍牆，等博士看一眼，就突然長高許多。至少三公尺高的牆面，像三色夾層蛋糕，顏色由下往上，深中淺，每一層之間的奶油，凝固成接縫水泥。那是每隔一段時間，就敲下通電流刺鐵網，再用空心磚堆砌加高的結果。防止外人小偷輕易進入的電壓，把越來越衰弱的陽光，留在流刺網之間。看久了，那些也染上微量電流的空氣，發出讓眼睛酥麻的滋滋閃光。

「那……硬幣可以嗎？」小女孩從側背的淑女小方包抓出一個零錢袋，撿出古銅的一元硬幣，「這是我的零用錢，可以先借給你，當作魚的鱗片。」

博士收起接合片，接過一小把不到十枚的硬幣，在手心飄移成星座。他紅著臉，以微笑謝謝小女孩的好意。

社區的空氣這時候開始不耐煩，天空閃個神，倒出一鼻頭灰，厚的烏雲也撲上臉頰。往游泳池洄游的路上，博士左手右手不停掂量硬幣與接合片的重量，幾乎沒有差距幾公克。他走進更衣室，脫下漁夫帽，卸下西裝，拉鬆領帶結，準備要收納時，打開的置物櫃提醒了小女孩要他記得還回硬幣的叮嚀。不是其他面額的硬幣，或是紙鈔，就是要這幾個五元硬幣。博士把它們都撒在小辦公桌上。兩種魚鱗片，一類是鎳，一類是鐵，都是圓形，都在桌面滾動，環遊平面的世界，分別躺平在不同的國度，卻又折射出相似的日光燈色澤。它們最大的差別是，空心與否。一枚空心接合片，撞上那尾癱在北美洲的保麗龍魚。受傷的魚一被驚嚇，那片已經鑲嵌在尾部的扇貝貝殼，啪磕，和南美洲整個大陸塊擊掌，但沒能激起地圖海洋裡的任何一滴水。滾得最遠的一枚五圓硬幣，不願意待在這張舊辦公書桌，一路滾到世界的邊陲，掉到更衣室的地面。博士撿起硬幣，知道接合片與硬幣都可以當作魚鱗。就像當初，那片扇貝貝殼一碰到魚尾，保麗龍的勾嘴就不停開合，搶氣呼吸。他拉開抽屜，拿出準備好的一截小家電避免漏電的接地線，一個空的膠水罐，一個打火機，一片從電腦主機剝下來的晶片板，推想魚內臟的結構，依這個想像把它們植入空洞洞的魚肚。這條原本只有保麗龍的魚，因此有了魚腸魚胃，和用來控制浮升潛水的魚膘，還多了心與肺。接下來，博士決定用接合片與硬幣交錯穿插，以保持重心平衡，再用熱熔膠沾黏出鱗身，把魚腹從兩旁包裹起來，沒有貼出腹鰭。最後，再剪下一片乳白的滑鼠墊，為這尾魚留下一條淨身的白肚。

如果魚不願意活，或是不願意活太久，翻個身，露出白肚，至少還能像一尾真正的魚那樣死去。

博士的初衷設想，這尾魚懂得。當他用滑鼠墊撫摸魚肚的巨大缺洞，魚呼吸的鰓蓋就裂開撐開了。他感覺欣慰，這尾魚不像蝴蝶自戀，被抓到了，才知道就算一隻不懂累的蝴蝶，也不可能永遠飛在風頭；這尾魚也不會學螽斯，只是沒有替牠在前腳脛黏上聽器，怎麼也不磨翅膀，還鬧彆扭跳出更衣室。可是，魚頭的窟窿，一直沒有找到吸引這尾魚的回收廢材。

之後一整個星期，博士天天都從置物櫃裡拎西裝，打上領帶，用清水分流出學者紳士的頭髮側分線。不管這天有沒有惡風，是不是遇上愛哭雨，全都依在一張撿來的海灘椅，讀著一本被撕去書封面的《野性的思維》，等在垃圾分類箱的牆角。從DVD光盤、音箱喇叭的磁鐵、鹼性電池、熊玩偶的填充棉絮，到各式各樣被社區居民整理到資源集放處的回收垃圾，博士都願意嘗試。負責登記居民進出次數與外出停留時間長短的大門管理員，把別在制服領口一輩子的塑料與烙鐵動章，丟入一般回收箱。他說，那是孫子送的玩具，褒揚他當他的玩伴，但孫子已經去世太久，是應該要丟了的東西。在大門管理員頻頻回頭探看的善意微笑下，博士只能害羞翻出這枚綜合材質的動章。講師委員的妻子，也特意走到垃圾集放處，落下一個白鐵髮髻，在博士面前，丟入鐵器分類箱。那原本是小女兒的十八歲禮物，是社區一位再生設計師用廢鐵打製的。她與小女兒討論之後，小女兒說自己不一定會長大到十八歲，可以先丟棄，沒關係。

博士聽完，不得不撿起這個沒有絲毫損壞的鐵器回收物。

講師委員妻子的鞋跟聲，慢慢消失在散步步道，拉出步道兩旁的水泥花圃。新移植的人工草皮在花圃裡長成不健康的皮膚，一窪窪的破洞是水澆淋過的凹槽。在那黃土坑裡，也種了松樹與塑膠松樹。有些松樹有塑膠的重綠，有些塑膠松樹則被長年的雨水洗出鮮嫩的碧綠。一道強勁的地風吹入花園的水泥空心磚，搖動輕的重的松樹，搖出樹枝、樹葉、塑膠樹枝、塑膠樹葉，四種不同質地的窸窣。不管是松樹還是塑膠松樹，太陽移動照耀的時候，樹影也都緩慢爬著。每一天，幾乎都是一樣的。那些色澤有層次的針葉，每一天，都會被幾陣風搖斷，裂落少許。接下來，這一地落葉，就會引來那位最資深的老清潔隊員。

博士專注摩擦那個輕薄的白鐵髮髻，想著魚頭的窟窿大小。老清潔隊員真的提來了一畚箕的松樹落葉——有些會一直翠綠下去，有些會永遠留住乾黃。博士看著他，想著，如果只是落葉，應該就能毫不考慮從分類垃圾桶裡撿起來，但不能確定這些落葉，保麗龍魚是否願意接受，最後又能否塞入魚頭，填補那個傷口凹洞。

「我聽大家說了……我只是一個清潔隊員，沒有什麼值得回收的垃圾，可以丟掉的東西，也都是我撿來的，幫不上博士，真的不好意思。」

博士猛地搖頭，羞赧燒紅整張臉。遲到的一陣風尾巴，勾起不少畚箕裡的落葉，吹入漩渦，在空氣裡飛轉盤亇，也把老清潔隊員的目光吹上圍牆的流刺鐵網，緊緊被電流黏住。羞愧則黏在博士臉頰，任風怎麼吹，也無法冰鎮冷卻。不知多久後，另一陣從社區外頭來的爬牆風，才吹落在電網上突然快速死去一些的老清潔隊員。

老清潔隊員一醒神過來，看見博士，又回到那個許久以前的第一次相遇，提出一樣的老問題，「你待在更衣室有多久了？」

「有一段時間了……」有話可以說出口，讓博士的羞赧少了一些。

「有沒有提出申請？」

「還沒有……還沒有真的住進更衣室。真的住進去之前，一定會去提出申請的……」

老清潔隊員看看掃帚和畚箕裡已經減少的落葉，好像想起什麼，又順口問說，「……你住在哪？」

博士的手被髮髻刺了一下。這一疼痛，他忘了上一個已經牢記的社區住址。廢紙分類箱裡頭，現在只有真正的廢紙。他也想不起來上回綑綁在小家電外裝紙箱上的新遷入戶的住址。博士轉身就走，像玩具兵踢正步，跨上水泥散步彎道。輕薄的微風吹動他的影子，陸續碰撞地面上的一些影子。先是松樹落成幾隻開始生氣的刺蝟，再來是塑膠榕樹燙炸了的無數山本頭。等風也疲倦了，博士已經拐彎進入紫藤蓋起來的甬道，撞倒那些勉強穿過藤蔓枝葉的光線，踩爛滿地破碎的光花。博士喘著，調整氣息，再多跨走一步，就是社區的進出中廳。大門管理員與幾位社區巡守隊員，都點頭微笑注視著他，但沒有人多說一句。博士放棄深呼吸，用臉汗拈起幾根掉落的黑絲，梳埋出頭髮分線，埋下半張臉，一直走到管理室對面的信件收發室。

除了入門口，收發室的其他牆面，都是空心磚大小的不鏽鋼鏡面郵件信箱。從門口往裡頭看，向內的尖椎形狀牆面，不停向前延伸過去。每一回經過，博士始終覺得這個收發室，更像銀行保險櫃室，越往裡頭走，牆面就越向前延伸，彷彿可以沒有盡頭安裝出新遷入的社區住戶。這些尺規量出來的方形不鏽鋼信箱，長寬一致，比魚鱗更加整齊，砌滿銀亮的牆面。少數信箱空白著，在等人，其餘的，都貼上一張打印住戶姓名和地址的壓克力板。收發室地址沒有寫出區、鄰、里、路、段、號，只需要分辨是社區裡的哪一區、哪一棟或者哪一層。然而，如同博士沒有忘記的，沒有哪一塊磚、哪一片魚鱗、哪一格信箱上，有可以插入鑰匙的孔洞。他再次撫摸這尾方格紋的巨大鱗身，敲敲信箱，每一格都是實心的悶，沒有空心的回音。寄到別墅社區的信件，最後都有被送達到收件人手中。這點從每一天的紙類分類垃圾桶，就可以知道，所有的社區住戶都拆開了自己的郵件，但收發室的信箱就是打不開，博士用指尖插入只能螞蟻進出的間格縫隙，也無法扳開任何一片收發郵件包裹的鱗。博士複誦著一格格的住址，試著記住一些跳躍的區棟樓層，但卻無法確定，過去在廢紙分類箱翻出來的快遞單、限時信、雙掛號、牛皮紙包裹上的住址，是不是都在這面銀色的魚鱗牆面。

「博士先生，」身後傳來收發室管理員陌生但溫和的詢問，「你住在哪？」

小撮的山羊鬍在發抖，勒得過緊的領帶，也歪歪滑斜。博士看見倒映在信箱表面的人影，反射出不鏽鋼硬度的羞愧，光滑的魚鱗，讓嘴說溜了一直想要藏好的話，「我忘記住址了……不知道什麼時候開始的……」

「沒關係，那個老清潔隊員，也常常忘記要回宿舍睡覺，就算記得回來，也常忘記他自己的床位……」

博士覺得尷尬，又試著補充，「很多事，一不小心就忘了。」

「是啊，不過也不用擔心，我知道博士經常待在游泳池的更衣室，如果有你的信件包裹，我都會先送到更衣室的。我也聽大家說了，等博士申請住進更衣室，我再幫博士選一個信箱……」

博士離開收發室，沒有記住哪一個信箱上的住址。

一身頹喪的西裝，被風推著走，回到更衣室。他坐在平面世界的這頭，那尾保麗龍魚躺在世界版圖的天外頭。魚已經插了貝殼尾巴，又用接合片、五元硬幣和滑鼠墊，黏縫肚身，包裹安裝的內臟。可是牠通身乾燥，沒有一絲需要水的渴望。博士拿出內裡口袋的玩具勳章，別在魚頭，一粒保麗龍都不願意掉落，接著又拿出那把白鐵髮髻，爬梳魚頭，魚依然死硬朗朗。他一洩氣，白魚肚染灰，硬幣就發霧，接合片也生出鏽色，幾隻餓瘦的米蟲，誤把保麗龍粒子當成白米，硬是把魚頭窟窿咬得更大。

博士開始覺得這尾魚，怎麼會如此醜陋。

突然，更衣室外頭傳來一聲尖銳的孩童高喊，「博士，你在嗎？」是那位講師委員的小女兒。博士還沒有想到出聲回應，小女孩的右腳已經跨入更衣室。一看見她握著的藍色膠帶，博士忍不住一團莫名的怒火。

「你們能不能不要幫我？」

小女孩的左腳被博士顫慄的咬牙嚇阻，晾在門檻外，眼白紅出血絲。她轉身逃開，那卷被大量使用過的藍色膠帶，掉落地板，滾到抬起全世界的桌底。博士的怒氣被羞愧壓抑下來。他撿起藍色膠帶，食指插入內環的中央空洞，第一次開口詢問這尾魚的意見。

「不用安裝頭腦嗎？」

保麗龍魚突然翻起身，立高背鰭，擺動貝殼尾巴，刮出桌面的粉彩木粉，一口氣泅過桌面中央的太平洋，來到博士面前，頻頻張嘴，猛烈撐開鰓蓋。只要可以游，有嘴喝水，有鰓可以虹吸水氧，吞嚥入肚的浮游生物小蟲子或是垃圾，最後能被消化和排泄出來，這尾魚，就有機會活……博士如此說服自己。他反手撕下三段藍色膠帶，直接黏貼魚頭的窟窿。保麗龍的空心被封閉的瞬間，魚就鮮活蹦跳，彈出桌面的海洋，摔在地面也沒有更多傷。

博士趕緊抱起魚，跑到更衣室的淋浴間，打開水龍頭，用泡洗衣褲的大鐵盆，裝滿水，讓這尾剛變活的魚棲身。魚一碰水，裂開更大的嘴線，喝入可以輕微飽食的水。一開始先是漂浮，水慢慢從接合片中央的空洞，滲入魚肚，吃足了水重量，魚立即又下沉到盆底，無法前進地搖頭擺尾。再多泡一會，貝殼尾巴與鐵鎳肚鱗接合更順暢，保麗龍身軀也更柔軟。魚便在大鐵盆裡游動起來，泅在這盆只有自來水的海，游出圈著圓的漣漪。博士用水龍頭點滴落水，運用漣漪，製造出微量的水氧，也讓鐵盆慢慢換水。魚游向滴水的漣漪中央，用鰓接走滾入水裡的空氣。因為沒有腹鰭，魚游得不穩，硬幣與接合片撞上鐵盆邊緣，拉出困在水底的重機拖曳聲。博士有點懊惱，當初沒有撿回扇貝貝殼等死的那缸水族箱，可是撿回來了，一樣容不下這尾屬於熱帶海洋的保麗龍魚。博士留下魚，大步到更衣室外頭，打量二十五公尺長、八條水道寬的無水游泳池。

「如果能活在這座游泳池裡，會更像一尾魚吧。」博士的嘴在空氣裡開合。又是一個午后。整個社區濕在雷陣雨之前的悶。博士抱起第十八塊空心磚，一用力，把空氣裡的水都吸入肺，腋窩襯衫立即暈開一大片汗團，但他還是不時拉整上衣，盡力拍去褲面上的泥粒。廚餘收集桶的頂蓋上，聚集著果蠅，都還活著，散漫整理翅膀，再刷下黏在腳肢齒縫裡的腐肉，進食。博士只是眨個眼，牠們開始飛高，有頭沒頭的都接著上一隻尾巴，飛向圍牆的頂端。果蠅穿越流刺鐵網，被導了電的潮濕空氣，一隻隻擊斃，墜落。

廚餘桶邊上的地面，就這樣死了一整批秋末的果蠅。

博士沒有聞到圍牆外的什麼神祕甜蜜，吸引這些果蠅，但水泥天空飄浮著燒焦屍骸的糖味。他專注嗅聞這股新鮮的焦味，大門管理員穿過活的死的花圃松樹，也搬起了一塊空心磚。

博士抱著空心磚，阻止，「謝謝，我自己可以。」

大門管理員也抱著空心磚，阻止，「沒關係，我沒事。」

「你不用幫我。」

「我剛好可以運動。」

大門管理員的微笑，讓博士又一次安靜下來，他想不到什麼說詞，只好追問，

「……大門不用看守嗎？」

「大門的柵欄，從來都沒有放下起來過，大門管理員就沒有其他事可做……這個社區的笑話，很久了，博士聽過吧？」

博士的猶豫一拉長，馬上感覺到雙手的沉重。他停頓在眼前臉頰上的一塊老人斑，總覺得有東西已經死在那焦黑的皮膚裡頭，但又不確定是什麼。

大門管理員翻動手中的空心磚，也遲疑了一會，「我有點忘了……不知道博士什麼時候搬到社區？應該很久以前了吧……」

「有一段時間了……」

「還記得是什麼原因、什麼說法搬進來的？」

「……我忘了。」博士對這句話很熟悉，但就是想不起來對誰說，又說過多少次了。

「最近剛搬進社區的 家新住戶，是一對新婚夫妻，剛生下一個嬰兒，很可愛的女孩……我聽說，他們通過社區管委會的同意，讓他們搬進來的說法，是因為這一整個別墅社區，只有一個門牌號，卻有好幾百個住戶，躲在這裡頭。那位先生說，就像魚跟鱗片，一尾魚有很多鱗片，鱗片全都躲在一尾魚身上，可是沒有一塊鱗片長得一樣……」

「是嗎……」

「是啊，每一個搬進來的住戶，都會有一個說法。可是，並不是每個人都會留到最後……博士應該是決定要留到最後的住戶吧……」

「能留到最後……這樣很好。」

「我想也是……博士已經很久沒到社區外頭了吧。博士上一次外出和回來的紀錄，我已經找不到了……博士別介意，登記住戶的進出時間，只是我的工作……是什麼時候，博士記得嗎？」

「……也忘了。」博士又說了一次類似這種的回答。

「其實，這些不重要了⋯⋯現在，博士準備搬走這些空心磚，做什麼用的？」

博士抱著空心磚，走上散步步道，刻意不回應了。大門管理員跟在後頭，用手肘抹去額頭的汗水，自顧自地解釋，這些空心磚應該還有用吧。前幾次砌高圍牆時，應該還有更多剩餘的空心磚，不知擺放到哪裡⋯⋯最後一次圍牆施工，博士有注意工程進度，只花了一週七個白天。管委會切斷通電總開關，施工單位就拆下一段流刺鐵網，用空心磚把社區圍牆再砌高一公尺。幾小時之後，快乾水泥永遠凝固了，工程人員就裝回那一段的流刺鐵網，立即通電，再進行測試——他們抓幾隻毛毛蟲，丟向這一截流刺鐵網，確定毛毛蟲會停留在那張網的空白處，兩到三秒，蜷曲成一個螺形，吐出最後一道細絲，然後吊掛在往下一公尺的地方，這樣就算完成了。博士那時候就像現在一樣，走向視野裡的游泳池，看見一些飄在水泥高牆上的毛毛蟲屍，結不成蛹，也無法變成蝴蝶，像一隻蝴蝶那樣乾脆地往死飛去。游泳池側邊連綿的圍牆上，現在已經沒有蟲掛屍，不上不下穩定鐘擺，催眠他靠近。

博士想，沒有真的走到圍牆跟前，似乎就不會覺得它是難以攀爬翻越的。

身後的大門管理員突然笑出聲，「搬走這些空心磚也好，免得管委會看見，開個會，又把圍牆做得更高。」

「為什麼……加高圍牆？」

「博士不知道嗎？」

「我一直……沒有參加社區的住戶大會。」

「很笨的原因，博士聽了一定會想笑，第一次加高，是怕社區外面的人，偷偷爬牆進來，使用游泳池。」

「就這個原因？」

「加高之後，就沒有再發現有社區外的人，進來使用游泳池了。後來就不知道為什麼再加高。最後一次加高圍牆，游泳池已經不能蓄水了。」

「是啊，真的很奇怪……」

回應這對話的人，不是博士，而是後頭趕上來的老清潔隊員。他氣喘吁吁，也抱著一塊不知哪來的空心磚，腋窩還夾著不願放下的掃帚畚箕。博士沒有放緩步伐，走得更快，稍稍擺脫他們。一路疾走，回到游泳池，他才把空心磚擱在第八水道的石階跳水台，張大嘴呼吸氧，讓腋下的汗一路走到皮帶邊，濕成一隻社區裡還沒有出現過的竹節蟲。

保麗龍魚待在大鐵盆的這些日子，游泳池中央已經長出一座小山。博士順著拐杖鎖形狀的鐵梯，搬下空心磚，把這座小山再堆高一些海拔。他不多說話，接過大門管理員與老清潔隊員的空心磚，讓水泥山頂有機會凸出，放滿之後的水面。博士盤算著，如果能撿到一個鐵盒，修理成烏龜，說不定會需要一塊地，讓牠曬曬太陽，用鐵盒外殼儲存熱能，獲得潛入水底的力氣。太陽露出一塊小臉，三個人的汗水都被逼到游泳池底面，在馬賽克地磚上種出幾朵原來的彩豔斑斕，但眨個眼，又被蒸發吸乾。

博士知道，游泳池還沒有死，依舊固執，不願意留下任何水。

老清潔隊員推測，「游泳池會變成一個大水族箱吧。」

大門管理員也附和，「那要種一些水藻才行。」

博士看看造景竹林，也看看那些長得茂盛的塑膠榕樹，沒有一個外型像是水藻。他指著老清潔隊員手中的掃帚，「那個……還用嗎？」

「掃帚？能是水藻嗎？」大門管理員說。

「這掃帚好好的，沒壞呢……」老清潔隊員說。

的確需要水藻。有水藻，才有機會出現一個循環生態。還會需要清道夫這類的魚，或是可以撿食水底垃圾的小蝦蟆。空心磚假山也要養出青苔才行……博士一鑽研，發現少掉的拼圖還那麼多，一股沮喪，坐在假山的山腳。

「博士……社區外頭一定有水族館，一定能找到水藻。」老清潔隊員說。

「那就得出去外頭一趟……」大門管理員說。

兩人的對話一碰觸到博士，他立即萎縮成了一株無法分辨真偽的含羞草。他悄悄抬起頭，再看看圍牆。直立四公尺之上的牆頭，和天空的額頭一樣高。因為悶熱，流刺鐵網也在發燒。天空和刺網都無法觸摸，無從得知真正的溫度。就算有梯子登上圍牆，流刺鐵網鉤掛上皮肉，不見得烤焦或是讓心臟放棄收縮，但昏厥墜落之後，兩百二的雷流總能帶走一些什麼吧。

「管他的！」老清潔隊員把掃帚倒橫，一腳踩上，加重力道，一聲清脆把竹柄和鬃毛頭分家斷裂，「博士……這個掃帚，現在壞了，如果用得上，就拿去吧。」

大門管理員又抹去額頭的汗說，「大廳的廁所裡，我也有一支掃帚……也壞了，可以送過來給博士。」

老清潔隊員皺了眉頭，「你那把給我吧。」

大門管理員笑了，「我以為你失憶忘記了，先看博士需不需要吧。」

博士不再拒絕，羞澀蒸發汗水，但沒有蒸發臉紅。他支支吾吾請大門管理員和老清潔隊員，收集更多掃帚，如果不累，就繼續搬運更多空心磚，堆入游泳池，隆起另一座空心的假山。博士先收下老清潔隊員踩斷的鬃毛掃帚頭，挖走一塊山腳，走入更衣室。第一間淋浴間的水龍頭持續滴落細水，為大鐵盆裡的保麗龍魚，製造更多水氧。一陣風吹入室內，博士把掃帚頭倒插在空心磚，用第二間的淋浴蓮蓬頭，澆灌鬃毛。乾燥的鬃毛一吸水，掃帚頭慢慢腫脹成一株褐色水藻。另一陣風，吹走博士。他多次來回進出，塑膠刷毛製的、仿豬鬃毛的、或是細散竹枝綁成的，還有椰子殼纖維高壓密合的各式掃帚頭，不管是已經老舊，還是剛折斷的，都倒插種植在空心磚洞。淋水澆灌，吸飽自來水，每一根細毛都開始向四方的空氣探索。

博士的研究出現新進展，引來別墅社區部分居民與管理委員會的注意。講師委員一家人也前往游泳池，了解狀況之後，丟出了下一個階段的困難問題，「接下來，要看游泳池能不能蓄水了⋯⋯」

講師委員的太太提出看法，「荒廢了那麼久，游泳池也休息了很久，說不定已經不會漏水。」

小女兒的眼白爬滿了紅色的血絲。她說，「……游泳池一定已經自己好了。」「……眼睛怎麼了？」

博士想起保麗龍魚頭上的那塊藍色防水膠布，不敢正視小女孩，「……眼睛怎麼了？」

小女孩躲在講師委員身後，連影子都躲藏起來了。講師委員太太代為回應，「幾天前，一直哭了三天，眼睛就紅了，也不說為什麼哭……」

小女孩搓揉眼珠，被講師委員制止。

「社區的眼科醫生說，眼球神經有受傷，可能會慢慢變成弱視……」

「我不怕，看不見了，博士也會幫我換新的眼睛。」

小女孩露出影子，站得直挺挺的。突然間，所有圍繞在游泳池邊的社區居民，都安靜下來。博士潛入沉默的底部，只能聽見水灌流耳洞引起的撞擊，像是有螞蟻在搔癢鼓膜，引起三半規管的晃動。

博士努力思索的神情，讓所有在場的住戶居民，都微微笑了。

「真這樣……盡力就好。」講師委員說。

「她都還沒有離開過社區，至少要讓她看一看，外面的城市。」講師委員的太太說。

「不要增加博士的困擾，」講師委員轉開話題，「……接下來，還需要什麼？」

「……蝦子，不用活的，剝下來的蝦頭和外殼，也可以……或是已經壞掉的蝦子玩具……」

老清潔隊員想到了什麼，開口插話，「博士，提出申請了嗎？」

面對十幾位社區居民，博士又垂落頭說，「使用更衣室的事……我會趕緊提出申請。」

「不是更衣室，是開放游泳池，重新蓄水。」

游泳池要重新啟動水閘口，蓄水，需要獲得社區管委會半數以上的投票同意。博士前往社區管委會辦公室，第一次提出正式的書面申請。「如果游泳池可以重新使用，社區的夏天，才會更像夏天。」講師委員的這一段話，讓到場的委員全數通過。

開啟水閘口那天，不少別墅居民都圍在游泳池邊觀看。大量的自來水從底部與四邊牆壁的出水口流入。一個早晨，蓄水就淹沒了大腿。博士在這個水位高度，搬出淋浴間裡的各式掃帚頭。他剪開綑綁線，所有尾莖都生出根鬚，牢牢抓住空心磚的水泥縫隙，一沉入水底，所有軟的硬的掃帚頭，都漂著搖著水藻才做得到的柔軟身段。游泳池豐沛的水氣，安定了悶躁的秋日午後，讓一片片的太陽待在水面，慢慢浮升，直到成人不容易溺斃的標準水位線，粼粼的水面已經是飽熟撐著水分的橘皮。

博士在社區居民的讚嘆和尷尬的擊掌間隙，走回更衣室，打開一個方形置物鐵櫃，放出裡頭一對木雕的鴛鴦。他用收納延長線的軟鐵，圈住牠們的短脖子，綁在一起。這對鴛鴦兩對四腳，啪嗒走到游泳池，一躍入池水，就滑蹼游水，怎麼樣也無法分開。他接著打開一個長形鐵櫃，裡頭一片軟木，釘了一整個中隊的蜻蜓標本。每拔起一根大頭針，就飛走一隻早已乾死的蜻蜓。這一整中隊的蜻蜓標本，全都飛到游泳池，憑藉水氣盤旋。一些居民小孩，將一些裂的飛盤、水果盤、燃燒過的小蠟燭鋁合金盆，滑入游泳池，偽裝成臨時的睡蓮浮萍。乾扁裂裂的蜻蜓標本中隊，開始以尾梢親吻水面，謊報少量雨線倉促種下的漣漪。沒有雨，游泳池水面泛起圈圈小圓，引來社區一些失去房子的貓和幾隻遺忘主人的家狗。牠們吐出舌信，快速舔水。沒有清洗的長短毛髮裡，糾結了草皮與沙地的蛹卵，願意水生或是能夠兩棲的昆蟲，紛紛先跳入游泳池，那些不清楚狀況就跟著跳落的蝨子跳蚤，掙扎幾次腳就溺斃了，在水中漂成魚食。幾尾魚從假山的空心磚縫隙鑽出，吞下這些吸飽了貓狗血液的蟲蝨。牠們游移的速度嚇醒了一直在觀察水位高度的博士。

有魚？他驚訝，一抬頭，圍在游泳池周邊的居民，全都露出善意詭異的笑。老清潔隊員帶點歉疚解釋，「這樣的游泳池，沒有魚，就太奇怪了……我把社區魚池的錦鯉，全撈過來了。反正平常，也沒有人停下來，看看這些錦鯉……」

博士看著這群彩鱗斑斕的錦鯉，想起社區公園的那個噴泉魚池，可他很少坐在池邊，跟這些一直都活著的錦鯉說話。前些日子，在資源回收集放處撿到半包白米，用那台回收後依舊完好的電子鍋，煮出半鍋站著躺著都擠出蒸氣的米飯，餵了那尾保麗龍魚。但博士沒想到、也不想，餵食那些活著的錦鯉。接合片和硬幣的重量，可能會讓吃水笨重的保麗龍魚，永遠都吃不到漂落水底的米飯……博士如此擔憂，仍舊一個人使盡了力，將大鐵盆移出更衣室。講師委員跨步上前，一起協助將保麗龍魚，倒入游泳池，留下盆底少許舊水糞絲，和久泡浮腫的米飯。一粒粒的白屍，不知是冷是熱，全都在盆底一起發抖。

一個晚上過去，明天離去，後天也走了，游泳池不知不覺少了一塊空心山頭的水量。博士又打開水閘口，注水，大後天還沒有入夜，游泳池的水就滿出。環繞池邊的溝槽可以盛小再循環注入，但游泳池不願意蓄水的固執，讓博士沮喪。在遇上保麗龍魚之前，他仔細檢查過每一塊馬賽克地磚，游過數千條縱橫接縫，也找不到任何讓游泳池執意要荒廢的裂痕。掃帚頭在空心磚之間長出新的水藻根芽，有些還開始爬向光滑池牆。幾朵飛盤底部增生出幼弱的蓮藕。幾隻蜻蜓標本，在長出青苔的假山上嘗試交尾時，被躍出水面的錦鯉尾巴打落，再一次死去。沒被吞噬的蜻蜓翅膀，被池底已經熟透一回的紅頭草蝦，拉回到洞穴，分解溶化，吞入用乳白防水膠布包裹的腸肚。博士計算著冬至來臨前剩餘的秋日，不知道什麼時候會是最後一天。他脫了鞋，泡腳在游泳池裡，感受著水位的不穩定上升與消失。他丟入米飯，引來多半沉在池底、努力泅游的保麗龍魚。但十數隻錦鯉迅速靠過來，博士就用腳滑水驅趕。即便踩了那些滑溜溜的魚頭，米飯還是被搶走不少。擔心保麗龍魚吃得不夠，他就撒落更多米飯，再踢走更多不怕腳的錦鯉。保麗龍魚終究只能撿食剩餘的米飯魚食，為了避免餓死，就要趴在池底，多吸幾口那些錦鯉留落的排遺。

就在保麗龍魚放棄爭食、只吃底泥魚糞的那天，講師委員的小女兒來到游泳池，拎著裝了蝴蝶與螽斯的昆蟲養殖箱。她打開箱蓋，蝴蝶先爬到矮矮的箱口，停腳，翩翩飛出，繞了游泳池幾圈。螽斯在箱底無聲棲息，等蝴蝶一停在假山山頂，螽斯一磨腳，跳出透明箱，直接飛落水池，被最大尾的錦鯉一口咬住，拖入池底。

博士不確定小女孩是否看見這一幕，但她沒有哭，一對眼珠已經紅成兔子眼，猷然面向博士。

「……還看得見嗎？」

「快要看不見了。」

「看得見我嗎？」

「博士看起來，好像是一團煙……」小女孩笑出淺淺的餘音，接著詢問，「游泳池已經好了嗎？」

「還沒……不知道哪裡漏水了。」

「博士一定可以讓游泳池，不會漏水。」

「用什麼呢？」

小女孩低下頭，視線掉落到透明昆蟲箱，靜靜思索，直到游泳池的水氣都在她臉頰撲出兩行眼淚了，她才說出，「……我的藍色膠帶。」

博士真拿出小女孩順口說出的工具，剪成一段段的藍色膠帶，標記似貼在每一個水道的跳水小台階，但沒有哪一陣風，吹落任何一條膠帶。下一段深夜，社區的路燈，在游泳池抽搐的水臉上，長出一對模糊的眼影。

博士看著它們，對游泳池說，「能讓魚……安心待在這裡嗎？」

幾天下來，持續重新注水的游泳池，並沒有同意。水位線仍然像老舊唱盤針，一對風，或是幾圈魚尾漣漪，就跳針滑開常軌，時高時低。

又是一個秋末的週日早晨，只是不確定，是不是最後一個。博士依舊穿著蘇格蘭紋襯衫，乾皺巴巴，領帶結也被綁歪了。一頭捲髮，用清水梳理，卻沒有整齊的髮際分線。為了打撈落葉方便，休閒褲一直翻捲在膝蓋上方。當講師委員一家人步行到游泳池，博士撒下一大把冷卻的米飯，餵食，但不再用腳驅散浮游搶食的錦鯉。

「博士……不要餵太多，魚不懂飽，會一直吃到撐死。」講師委員說。

「有幾尾魚的肚子，好像已經脹起來了。」講師委員的太太說。

博士低下頭，才注意到保麗龍魚的滑鼠墊白肚，也飽實腫脹著。不知道吃了多少沉澱的泥土，才會讓肚子淪落得跟這些錦鯉一樣肥胖。博士在心底也附議了這樣的說法。他看著一直由講師委員牽著手的小女兒，怯懦詢問，「眼睛……」

講師委員與太太都沒有回話，小女兒自己開口，「我都看不見了……不過，魚是因為有小魚了，肚子才變大的。」

博士不知如何回應小女孩，只能搖頭，覺得不可能。他拍動水面，叫喚保麗龍魚。沒有米飯的白影和香味，其他一起共同生活的錦鯉，沒有一尾願意游過來，只有保麗龍魚泅泳靠近。接合片與硬幣不時拖起游泳池的底泥，貝殼魚尾掃出一朵朵塵霧，也擾動大量被掩埋的細蟲魚糞，引來防水膠布草蝦群爭食的騷動。拍水聲加快，保麗龍魚吃力浮游到水面。接合片與硬幣的接縫處，已經長出苔蘚一樣的鐵鏽。博士兩手撈抱起魚，就在游泳池邊，用力把滑鼠板白肚皮的接黏處，撕裂開來。魚奮力翻身脫逃，掉落在池邊的地磚。老清潔隊員與大門管理員，還有一些散步的居民，都被吸引到游泳池。博士壓制劇烈跳躍的魚，再一次撕開腫脹的魚肚。

大量的顆粒，乳白色，一粒粒，站著躺著擠在魚肚裡，數百數千膠黏在一起，看起來像是卵，也像是米飯，更像保麗龍原粒材質。它們完全包覆那些由接地線、膠水罐、打火機和晶片板組裝的魚內臟。博士的思緒也散渙開來，恍惚間，一陣微弱的拐腳風，誘騙這些保麗龍卵，飛向游泳池上空，跟著氣旋盤轉一圈，飄落水面。錦鯉一聽見那些細微的水紋，立即群體浮升，搶食這些沒有躲藏能力的保麗龍卵。無數的魚嘴冒出，在水面癢出一片雞皮疙瘩。不知道是這些魚的哪一張嘴，開口說了，這樣很好。

保麗龍魚掙脫了博士的抓抱，幾次彈跳，潛回游泳池。撕裂開來的魚肚，搖擺出更多的保麗龍卵，讓錦鯉都瘋狂，就連那對活著也無法分離的木雕鴛鴦，也卡著脖頸拉扯彼此，游近分食。保麗龍魚，就像還活著，一樣沉在池底緩緩刮起底泥，最後躲入假山的空心磚洞穴。

「博士，」講師委員帶著沮喪開口了，「今天過來，是想告訴你，社區管理委員會前天開了一個會，為了保持游泳池的水量，社區的公共用水，已經增加太多費用……超過一半的委員決議，應該要關閉水閘，停止蓄水……」

這樣很好。一尾魚開口了。

「還有……做假山的空心磚，也要搬回去，過一陣子，可能還會用上。」

這樣很好。另一尾魚也開口了。

「另外，我們也討論了，博士可以繼續待在游泳池的更衣室，不用提出申請，沒關係的……」

「這樣很好……」

博士聽見了想著的聲音。等游泳池的水乾了，保麗龍魚死了，那些五元硬幣，就可以還給小女孩。那些接合片，說不定……可以是眼珠。這樣很好。

蚊子海

蚊子海

蚊子詭異地向一個身旁的年輕女孩描述，「這是一家很黑的店，妳知道吧？」

「因為店名是黑店？」女孩也假裝一臉詭異回嘴。

女孩說，跟她一起來的女孩們，都叫她海。當女孩說自己叫海，音樂鼓動室內的浪，壓迫蚊子的臉頰。他點頭，但推想這是女孩為了應付的說詞。她跟那些一起來到黑店的女孩們，很有默契，遇上像他這種在吧檯上搭訕的男人，就用一個字作為姓名的代號。

「名字裡有一個海，叫海，很奇怪嗎？」女孩單手握成擴音器，在蚊子耳邊喊。

嗡嗡的，癢癢的，蚊子似乎還聽見，可以飛了呦。

當女孩這麼說，身邊這群每週三淑女之夜一定出來泡夜店的女孩們，馬上就會把話接過去。

「怎麼，小姐說她叫海，你還懷疑？」

「你也常出來玩，不會不知道吧？」

「對啊，人家給你一個名字，算是不討厭你了。」

「你不是也叫，蚊了？」

蚊子聳聳肩，兩隻手掌折成一對翅膀，拍出懦弱的頻率。賠罪之後，其他女孩才讓蚊子飛近海。

「知道蚊子怎麼喝啤酒嗎？」蚊子問。

海嘟著粉紅亮亮的嘴唇，搖搖頭。

蚊子在吧檯邊角抽來一根吸管，插入啤酒杯，用吸管一口氣把剩下的啤酒都喝完。海被逗笑了，臉頰上吹起撲了粉的微弱海浪，沒一會就被環繞的重節奏給撫平了。

「這才是一隻蚊子喝酒的方式。」蚊子說。

「那接下來，」海含著吸管，慢慢吸入杯子裡不知名的雞尾酒，停了吞嚥，「蚊子喝血腥瑪莉？」

「我是公的，雄的，直直的男的，不喝血，不過……會叮人。」

海定眼看了蚊子的眼睛，沒一秒，轉過頭去跟另一邊的女孩說了點什麼。蚊子沒有聽見內容。幾個混了音的藍調節奏，流過頭頂上的黑色音箱，涓絲瀑布一樣淌流下重拍，撞擊蚊子的脈搏。

女孩們轟隆隆被音流沖入擁擠的舞池，人手一瓶啤酒，留下了海。

她們邊跳舞，邊用嘴唇吹著啤酒瓶。每吹一口啤酒瓶，就引來幾隻男人。她們用彼此的臀部磨蹭彼此，再跟偶爾瞄看她們的男孩們，碰一下肩膀，笑著說，啊，哎呀，對不起、對不起。也有另外幾位女孩，牽著彼此塗抹了嫩嫩的指甲油的纖細小手，挽著彼此，摟著彼此，撫摸著彼此的腰。那些腰一被男孩的手心握住，突然就瘦得更纖細。

在會轉動的各色光片裡，蚊子依舊可以看見小可愛下方白嫩的肚皮。他聽著女孩們也聽見的饒舌歌詞——讓我躺上你的床。親吻你的嘴唇。咬你的屁股——這樣的歌詞，讓女孩們的手臂高高舉起，向看不見的透明投降。

有一件白色小可愛，就快要無法替她的胸罩隱藏了。

有一條白色緊身褲濕了，丁字褲的繩痕浮現出來。

有一對過大而垂落的胸脯，被透明的音樂用力搓揉。

ＤＪ檯架設在舞池旁邊的廁所正上方的二樓，從ＤＪ放下黑膠唱盤的同時，饒舌樂從各個落地的、懸掛的黑色音箱裡，踩出大腳，壓迫他的耳膜，還有臉頰皮膚。在黑店裡，香菸是空氣的全部，但時不時會被地面的乾冰玩弄。困在這種鹹汗腥臊裡的，都是充滿新鮮血液的年輕身體。今晚，超過一半是皮膚青嫩的女人。這些懂得假裝敏感的女人，一直都吸引著蚊子。在黑店，他可以安心盯著她們看，從頭到腳。她們也知道，在黑店裡，年輕的身體可以滑過音樂的縫隙，鑽進男人的眼皮，再牢牢拍打他們心臟的節拍。如果因此隆起了那些褲襠，她們可以隔著短裙內褲，摩擦它們，從他們胯下擠出幾杯或濃或淡、濁濁的雞尾酒。

蚊子感覺到褲襠裡充斥的血量，讓他無法飛離吧檯。在彎腰的節奏裡，他看著海。海慢慢將杯子滾動的液態顏色，吸納吞嚥。晦暗的燈光讓音樂染上濕度與海的鹹味。蚊子的視線飄移，落到不同角落裡，那裡有男孩跟女孩的身體，交錯貼合，合成對方的不透明的肉翅，那些手那些腳，被音樂一嚇，就會振動揮舞，飛出蚊子熟悉的，嗡嗡的，癢癢的，飛行聲音。

「哈囉哈囉。你怎麼了？跟我發呆是怎樣？」海說。

「我剛剛飛走了。」蚊子說。

「這麼快？發現新目標了？」

「沒有……妳剛剛喝的是什麼？」蚊子飛開頭，轉了話題。

海兩指拈著吸管，挑逗玻璃杯裡被融成不規則圓與橢圓的冰塊，一塊冰一個字，緩慢說出，「性、愛、海、灘。」

「Sex on the beach？」

海輕輕點頭，隱隱亮著未來藍光的頭髮，一波湧起一波落下，滾動成破碎的浪花。

「很可惜，這裡沒有海灘。」蚊子說。

「只有海。」

蚊子再次定眼看著海。海靜靜地安靜成真正的海，以音樂的海風吹拂著蚊子。有一秒，音樂突然不見了。音樂真的停了。DJ切換音軌出了點問題。蚊子看向DJ檯，嗤笑了一聲，然後看看高檯正下方的廁所，輕聲說，「沒有海灘，只有廁所……」

蚊子沒有回頭面向海。音樂很快就回來了，幾乎同時間，從海的方向拍來一隻冰涼水嫩的手，先牽住他的手，瞬間捲走一整隻蚊子，滑入舞池，滑過柔軟的乳房，滑過微微硬著的褲檔縫隙，溜溜來到廁所前。

廁所有兩間，但並不分男女。排隊的人分成兩列，蚊子與海並肩排入隊伍。蚊子不時看看舞池，再偷偷探望海。在黑店的那角落，沒有音樂風，也沒有皮下脂肪或是髮流興起的波浪。很快地，蚊子與海的前面一位都進入廁所了。

「真的要嗎……」

蚊子呼吸還沒有收尾，就被海捲入把人吐出來的同一間空廁所。關上門後，蚊子試著聆聽困在外頭的音樂，想在節拍裡找到什麼漏網的人聲。微亮的黃燈映著海的臉，這時她怯怯害羞地問，「接下來呢？」

蚊子喑喑，失去飛舞的翅膀，一臉無聲的錯愕。

「只有廁所，沒有海灘……你自己說的啊。」海小小聲，但喚醒了廁所裡的音樂節奏。

「在這裡？」蚊子說著。

「不然我們進來幹嘛呢？」海坐落在馬桶上，雙臂前置撐身，微微夾高半露的胸線，湧起兩道靜止的波浪，看著蚊子等待。

蚊子停飛了很久，張開雙手，像似要飛高，「在廁所裡，只能……動動嘴……」

海看了一眼蚊子的褲襠，「這樣你也太輕鬆了吧。」

看海的臉色轉變，蚊子才嬉鬧說，「我的意思是，動動嘴，聊天。」

「最好是……」

蚊子想著，蚊子是怎麼叮人喝血的問題。

「你剛才說這邊很黑，什麼意思？酒很貴？還是老闆黑心？」

海說話的聲音是用力的，但無法穿出門外，順著音樂沖進舞池。

蚊子回想起先前說的話，覺得有些笨拙。他試著解釋，黑，是這裡的ＤＪ都放饒舌樂。不管皮膚顏色，不管國籍語言的饒舌樂。節奏很重很沉，落到地上，整個舞池都會搖晃，而且不斷重複一種固定的節拍。就像高架橋上塞車，每一輛車以十公里的時速經過橋墩的接縫處，都會發出兩次重複的窟窿響聲。前輪後輪，前輪後輪，滾嚨滾嚨，一直重複。歌手也會唸唱某一段歌詞一直重複，一直重複——讓我躺上你的床。親吻你的嘴唇。咬你的屁股——好像活著，就只剩下插入與吸吮這幾件事，值得做了。蚊子說，他也很想什麼都不做，只做愛。當然，饒舌沒有這麼淺，那麼低俗，很多饒舌也談家庭暴力，街頭槍械的問題，以及黑幫火拼、毒品氾濫。這些，一直重複被唸唱、重複唱吟，一直活著，繼續做愛，插入與吸吮，循環這些事情。

「這才是剛才說的，黑。」蚊子說。

沖進廁所裡的海，臉上滿是訝異。她鬆開胸口的肉浪，做出哇塞的表情，「你是研究黑人文化的啊？」

「只是對黑皮膚的世界有興趣……很喜歡這種只是想要活下去，試著脫離窮日子的音樂。」

「為什麼？」

「不為什麼，現在……要活下去，不容易。」

「就都是困境嘛。」

「沒有那麼簡單……困境這兩個字，很爛。」

「哇……聽起來，你像是需要吶喊。」

「什麼意思？」

「一種比較輕的吶喊。」

「Rap是用唸的，是輕，不過很有力量。」

「我才說是吶喊……你想不想試試？」

「試什麼？」

「吶喊，真正用力大聲喊。」

「在廁所裡？」

「在這裡，你怎麼喊，外面都聽不到。就算聽到了，外面的人只會更High吧。」

海沒等蚊子，把手拱成喇叭，張開口用力吶喊。這一瞬間，蚊子聆聽，卻沒有聽見任何海的聲音。海用力向廁所的門吶喊了幾次。她的臉頰抖動，脖頸皮膚浮起青色的血管，但一絲絲音量都沒有。她的聲音一出口就沉入深深的海溝底部，不曾浮出過海面。

蚊子學著她，以手喇叭擴音，用力吼聲。一次比一次用力。他明顯感覺到聲帶在發顫。吶喊一樣，一絲絲聲音都沒有，就連蚊子才懂的耳鳴，都沒有聽見。

「很棒吧？」海說。

蚊子點點頭，卻有濃濃的沮喪。

「走吧，出去了。」他說。

「就這樣……我動動嘴，不想要嗎？」海說。

蚊子無感血液的流動，遲疑了好一會才說，「再不出去，外面的人會太High。」海沒有浪聲，眼珠生硬滾動出漩渦，頑皮流轉出——是你自己不叮我的喔。

蚊子打開廁所門，外頭依舊排著兩列二、四個人。他們沒有特別看蚊子與海，就像平日排隊等廁所，接續走進空的廁所。一個人，走進一間。

回到吧檯。蚊子看著檯面上空的兩個玻璃杯，在重節奏的空檔，用力出聲，「妳還要喝什麼嗎？」

「不用那麼大聲，我聽得見。」海在眉間皺出臨時的浪，也笑著臉。

「想喝什麼？」蚊子也意識到剛才的聲量，真的是靠近吶喊。

「你要請客啊？」海說這話時，有一對少女漫畫人物過大比率的眼睛。這種在黑色瞳孔裡特意加上許多空白的小光圈和星芒狀亮點的眼睛，看不見誠懇，在光線一直不足的黑店裡，卻意外顯得美麗。

蚊子以點頭，代替聲音。

「你幫我點吧。」海說。

蚊子沒多想。磚重的音樂輕壓上胸口，他搖手叫喚吧檯一位胸脯平坦但身形勻稱修長的女酒保，「再一杯，Sex on the beach，給這位小姐。」

海閃過一絲詭詐的表情，在木桌面上敲出不同調的節奏，「這裡已經沒有海灘了喔……」

蚊子輕輕噘著嘴角，沒有看著海，「這裡有海。」

「這樣就夠了？」

「當然，」蚊子點點頭說，「只限今晚。」

海兜轉眼珠裡的水漾，一隻手撐在蚊子的大腿上，嘴巴貼在他的耳朵邊，說了些話。海說的，依舊沒有聲音。蚊子知道，這些話是聽不見的。他只能側臉向海，在音樂充滿沙礫的灘點，擱淺少量的微笑。他心想，這種說話的姿勢和距離，在其他陌生人眼中，應該無法分辨兩人之間的關係吧。他嗅出海的香水味。甜膩裡還有乾淨柑橘果皮的清爽。當然，還夾雜了先前跳舞時被其他身體擠壓流出的汗液氣味。

饒舌樂繼續壓迫海的脖頸，在皮膚表面拉高亢奮的血管。

蚊子的鼻子因為這些雜交的氣味，真正清醒過來。

「妳還在讀大學吧？」他說。

「我看起來那麼年輕？」

「妳們這一群都是吧。」

「怎麼看的？」

「鼻子聞出來的。」

「這樣……你鼻子知道我讀什麼的？」

「跟大眾傳播有關？」

「錯。」

「法律？」

「那很苦悶耶。」

「語文相關的？」

「靠近了，是隔壁大樓，我讀哲學系的。」

「真的是最無聊的科系……」

蚊子想起，曾經在一個咖啡廳牆面，遇上正在點菸斗的羅蘭巴特。平面的他，抽著黑的菸斗，卻呼不出白色的煙。蚊子的思緒還在飛，性愛海灘這杯雞尾酒也被推送到海的面前。

「你做什麼工作的？」一海問。

「換妳猜猜。」蚊子說。

「電子業？」

「我看起來很宅嗎？」

「那……金融業？」

「我看起來那麼老氣嗎？」

「你曾經年輕過嗎？」

蚊子假裝生氣，飛近海，要叮她的嘴唇。海靜靜坐落在那裡，一動也沒動，讓蚊子的嘴叮上她的唇。

「這樣就扯平囉。」

「酒錢嗎？」

「就一杯調酒，你以為買得到……說吧，你做什麼的？」

蚊子被突襲過來的黑色音樂困住了回答。

海伸手捲來那杯雞尾酒。柳橙片和小雨傘掛在杯緣，融冰塊漂浮在杯緣，伏特加的辛辣，更深度喚醒蚊子的嗅覺，但沒一會，水蜜桃、紅莓、鳳梨三種氣味，在音樂的引誘下，雜交成不是粉紅也不是黃顏色的液體。

蚊子的兩隻手開始輕輕顫抖，他並不恐懼，但微弱的顫抖，會讓他落入莫名的恐懼。顫抖又來了。他記得，上一次，是在他算數某一個路口紅綠燈數字的時候，手就這樣無緣無故發抖起來。他瞄看自己的手，握緊一下拳頭，放鬆，確定一旁的海，並沒有發現這微弱的顫抖。

海斜睨了幾秒，嘴唇放開吸管，才詢問，「手怎麼了嗎？」

「可能是……沒摸到海吧。」

「不想說就算了吧，你這個人，真是有夠怪的。」

「是嗎？」

「嗯，不過也滿有趣的。」

可能是今晚待在黑店太久的關係。蚊子沒說出口，思緒又飛遠了。突然，一隻細手拍在他後背，啪一聲，一個女孩的聲音，「你們怎麼在這裡了？」

是跟海一起來的其中一個女孩。

「什麼叫，在這裡了？」海說。

「你們剛剛不是一起進廁所？同一間廁所……」女孩輕輕撇開臉，看向廁所。

海突然皺眉頭，像是生氣，其實是笑，「進去純聊天，不行嗎？」

「真的只有聊天嗎？」女孩看著蚊子。

蚊子點點頭，聳聳肩，做出也很無奈的表情。他叫了另一杯啤酒，卻被這個女孩順手接過去，「這杯借我喝，沒問題吧？」

「沒問題，只是，都還不知道妳叫什麼？」蚊子說。

「想知道嗎？」女孩眼珠溜轉著音樂的光。

「就算只有一個字，也方便叫妳吧。」

「去廁所，純聊天，我就跟你說，」女孩轉眼看著海，又追問說，「人我先借走，沒問題吧？」

「我連他做什麼的都不知道，怎麼會是我的人？」海說。

「我知道，他叫蚊子。」女孩說。

「這樣就可以嗎？」蚊子說著，也看了一眼海。

女孩再補了一口啤酒，牽起蚊子，一把讓他飛離吧檯，飄移似地鑽入人群。經過舞池中央時，女孩被一小段饒舌的副歌留住，短暫地以圓滾滾的臀部摩擦蚊子的褲襠。這時，蚊子看向吧檯的海，聳聳肩，再次做出也很無奈的表情。副歌一停，女孩牽著蚊子，快速地飛入沒有人排隊的其中一間廁所。

不知道混音經過幾首饒舌，突然一個音軌短接。重複，又來了。舞池興起一陣喧囂，所有的聲音都在呻吟——讓我躺上你的床。親吻你的嘴唇。咬你的屁股——不停重複，再重複。DJ甚至斷掉音樂，讓旋律靜止，讓所有的年輕的身體扭曲打轉、飛高髮絲，閉著眼睛用盡力氣吶喊——讓我躺上你的床。親吻你的嘴唇。咬你的屁股。困在黑店裡的人聲，起起落落地重複著。直到蚊子打開廁所的門，後頭跟著那女孩，一同走出廁所。

他第一眼就看見，海還在不遠處的吧檯眺望他。第一次被海眺望，蚊子的雙手，又開始顫抖起來。

音樂回流同時，負責現場燈光的燈光師，開始光的表演。魔鬼燈把一隻一隻高高舉著搖擺的手，男孩女孩的手，閃亮幾秒。年輕男女露出內褲。塑膠太陽帽不透明。辮子頭外露頭皮。還有蓬鬆得像黑色花椰菜的頭髮。這些，都漸漸染成黑，尾隨燈光，落入更黑的漆黑。整個舞池都在尖叫，所有年輕的身體在關燈的前一秒，交疊在一起。接下來，就是完全的漆黑。蚊子的眼前，還留有幾雙嫩皮女孩大腿的殘影。漆黑裡，殘影又慢慢重新顯影，生出修長的輪廓。

午夜整點了。接下來的五分鐘，將會完全漆黑無燈。這是黑店的賣點。午夜整點之後的五分鐘，黑店會陷入完全不開燈的黑。在燈亮起來之前，在漆黑的人體輪廓之間，喇叭的功率會被推到最大。這五分鐘裡，怎麼叫喊什麼，都不會被聽見，要做什麼，也不會有人阻止。只剩粗糙的輪廓會被看見而已。

蚊子抓住方向，慢慢飛往剛剛被眺望的海那邊。突然有一雙粗糙的大手，抓住了他的大腿，摸索他的褲襠。他解開那雙大手的同時，私處已經隱隱勃起。一陣濃烈的香水又鑽進他的鼻子，同時間，一個柔軟有香氣的嘴唇，堵住了他的嘴唇。他不專心地接觸了一下對方的舌尖，味蕾立即被龍舌蘭炸開。那是唯一會讓蚊子瞬間昏厥的酒氣。另外兩隻手從另外一邊摸索過來。一隻勾著他的脖子，另一隻觸摸他的胸。一接觸到平坦，兩隻手本能地彈開。在重複的饒舌樂裡，蚊子無法聽見那兩隻手是否說了道歉。蚊子伸出手，摸到滑感的木質吧檯。從左邊往右算數高腳椅，椅墊上或許是交疊兩個臀部，或者一坐一站四條腿交錯，或者一雙腿勾在另一腰間，上下蠕動……到了。蚊子知道，這張高腳椅就是海坐的位置。但蚊子無法確定，海是不是還在這裡。

他先抱住這張椅墊上的臀部。是想像中的短裙。他湊近吶喊說，「是我，蚊子。」

蚊子不確定他的吶喊，是否無聲。也無法看見，被抱住的女人，是否用力向他吶喊。但兩隻手搭上他的脖子，柔軟的嘴唇與舌頭濕潤了蚊子。他感覺到私處快速勃起，他伸手進入，那濕熱的私處已經充滿水液，連丁字褲都完全水透。蚊子咬著骨感的耳朵，將這個身體搬移椅墊，讓她轉身趴伏在吧檯，掀開短裙，沒有褪去那件丁字褲，只是撥開夾在臀肉之間的那條布繩，在黑暗裡，硬挺進入那完全失去輪廓的肉洞。饒舌節拍剛好適合撞擊的節奏。所有皮膚與肉與骨的撞擊聲，全都隱身在節奏裡。

蚊子被一隻反手拉進趴伏的身體，他吸吮她的舌尖，這時他嗅出了那有點熟悉的香水氣味。是海的氣味。她湊近他的耳邊呼吸。

「射在裡頭，沒關係。」

蚊子震盪的耳膜，無法清楚辨識，這句話，是不是海的聲音。他更用力撞擊那高翹有肉的臀部。前方的海，左右兩邊與後方，似乎都有海，開始滾來一波波不同的浪花濤聲。它們的波峰波谷有高有低，穿過唸唱的節拍縫隙，刺疼蚊子的耳膜。這些呻吟的音波海浪重複捲過來，讓蚊子無法分辨，趴在前方吧檯上的女孩，是否真是他眺望的海。在黑暗裡，反覆向上衝撞，一直反覆，蚊子看見眼前的海，飛起來了，停在一個距離他幾公分高的半空中，方便他更順暢的進出抽動，持續重複呻吟，直到節拍讓大腿抽搐，臀部的肌肉跟著加速的饒舌詞句快速緊繃。悶悶的一聲重度混音催促，蚊子把濃稠的白液射入更深幾公分的崖洞。

高潮還沒退去，蚊子也還停泊在緊縮的肉崖深處。兩盞魔鬼燈突然被打亮，旋轉的同一秒，所有的燈爆裂一次，把所有年輕的五官都閃亮一次。接著又完全暗去。五分鐘就要結束了，閃燈是提醒的訊號。

舞池裡、沙發區、吧檯周邊的身體，開始掙脫彼此。在間歇的漆黑裡，瘋了的曲線輪廓沒有多餘的動作。音樂一來，全都又開始緩速節拍扭動，同時接受音樂的引誘，同時將內褲、胸罩、拉鏈、皮帶一一整理。不管什麼動作，在慢慢回神的光纖裡，都顯得有些笨拙。

蚊子緩緩滑出，輕量喘息。前面的女體背向蚊子趴伏著，反手整理丁字褲與裙子。那大波浪的微度鬈髮，依舊散亂，遮掩她的臉。蚊子沒等她轉身，先回看舞池中央。那裡有一具具身體重複交錯而成的碎浪，開始尾隨魔鬼燈與各色雷射光束，緩緩旋繞，慢慢飄浮。等蚊子轉身回來，剛剛趴伏的女體，已經不在漸層恢復視覺的眼界裡。

燈光師把燈光完全恢復的同時，蚊子看見海穿過人群，來到他的身旁。

「妳剛剛……在哪裡？」蚊子說。

「在哪裡？還是，去哪裡？」

「兩個都問。」

「剛剛，有幾分鐘，我一直在吧檯。有幾分鐘，我在另外的地方。」

蚊子想問，那是什麼地方？但他沒說出口。

「那妳去哪裡？」

「廁所。」

「廁所？」

「上廁所，很奇怪嗎？我才想問，剛剛你跟我朋友去廁所，超過五分鐘吧？你們待在裡頭幹嘛？」

「沒做什麼……只是聊天。」蚊子拉拉有點緊繃的褲襠。

海竊竊笑著，以半邊側臉朝向蚊子，露出陰影分明的下巴、耳垂與一小截有肌肉線條的脖子。一直以來，女人這三個部位的組合，最吸引蚊子叮咬，也真正能讓他的視覺停留，讓呼吸加速。但剛才在漆黑裡，他根本無法看見這個部位。

如果海真的裸裎身體，真的躺在海灘，那在被海水濡濕之前，他首先會撫摸親吻的，就在下巴、耳垂、脖子之間。

光線持續著少許友善的亮度，閃亮的投射燈亮點又突然消失的那道節拍，舞池中央，有人推擠，有人被拉扯坐在地上，有女人在音樂裡尖叫了一聲，有兩個男人抓著彼此寬鬆的T恤領口，掐著勒著頂著彼此的脖子與下巴。海端回喝了幾口的Sex on the beach，目光也被舞池的騷動吸引過去了。

「好像有人打架？」海依舊側著臉。

兩個皮膚炭色的外籍黑人，是負責圍事的保全。他們迅速推開人群，擠進舞池中央。他們穿著合身的短袖襯衫，用四隻繃緊得看得見粗大浮腫靜脈的手臂，把兩個相較下十分矮小的黃皮膚男孩，像分開相吸磁鐵，叭，拔開。黑色的拳頭也隨著饒舌節拍，砰咚砰咚砰咚，落在穿著寬鬆嘻哈服的年輕身體上，搥打出不輸給音箱音量的節奏，直到兩個男孩都膝蓋半跪，部分身體橫貼著地面。兩個男孩高舉著單手雙手、半跪全跪、半趴半臥，彷彿是在跳街舞的地板動作，卻出現體操選手翻滾失敗倒落瞬間的滑稽。

海轉過頭，臉上帶著哎呦疼痛的笑意說：「被揍了。」

蚊子點點頭，跟她一起看回舞池。他留意了那杯性愛海灘。玻璃杯面慢慢凝聚出水痕，有透明的酒精從杯子裡滲透過玻璃，溢到外頭的世界，再以水滴，流過海觸摸的手指。如此透明的汁液，更像是從她白嫩的手指皮膚裡流出來的。

兩名年輕男孩，被黑人保全半拖半推，請離黑店，回到路燈持續昏黃淡亮的外頭。一陣歡呼，饒舌又繼續重複。

「是你認識的人嗎？」海說。

「剛才那兩個？」蚊子轉回身，面向吧檯的酒架說：「不認識，只是在這邊看過幾次。他們大概是不同舞團的。這裡經常發生這種事。誰打架，就等著被拖出去。」

「以前？是多久以前？」海問。

海傾身，將塗抹淡紫色口紅的嘴唇，湊近吸管。杯子裡的Sex on the beach，一秒兩秒，出現許多不同形狀的冰塊。在吧檯藍燈的照映下，冰塊的邊角線條甚至出現了透明色的水陰影。

多久以前？

蚊子想起來了。很久以前的某一年夏天。不很確定是哪一年，但回想起來，那些日子裡，他一直重複發現自己被困在一個無法完全站立的木箱裡。不敢也不能亂動。有一天的凌晨，他跟一群已經喝得半醉、也不太熟識的男男女女，到黑店續攤。那天深晚，接近午夜的前後，黑店外頭的騎樓人行道上，擠著一群無法進入黑店的年輕人。男孩女孩變成圍繞蜂巢的蜜蜂，無法區分身體的性別，只能在人行道上吸吮蔓延到入口處的音樂。他們困住，她們飛舞，閉著眼，撩高短裙，落下拉鏈，在路燈光纖的陰影裡磨蹭身軀。蚊子一行人被阻擋在饒舌樂稀薄的距離之外，尾隨音樂搖擺都很困擾。男孩女孩們的額頭都黏著濕汗，都有喝得剛好微醺之後才有的臉。蚊子注意到，他們都歪著脖子，彎著膝蓋，半屈著身體，被黑色的節奏催眠，不停進行著看來有點滑稽的搖擺動作。那樣的身體姿勢，就像困在箱子裡無法完全站直。約莫是這時候，他漸漸清醒，發現那個一直困住他的木箱，不知為何被放置在馬路邊的公共停車格裡。箱子出現了，他也發現它。在那之後，蚊子就沒有再被困在無法站立的木箱裡。

「哈囉哈囉。你又恍神了？」海推了推蚊子的膝蓋。

「對不起，又飛走了。」

「你人在這裡，還能飛到哪裡？」

「蚊子喜歡暗的地方。」

「你真的是一個怪人……」

海又再吸喝了一口性愛海灘。細細的綠色吸管裡，湧入早已失去顏色分界的雞尾酒。一秒兩秒。杯子裡的冰塊，又有幾塊生出更明確的邊角線條形狀。此時的音樂成長成一隻鑽進耳蝸裡的螞蟻，而且找到了理想的耳洞出入口。蚊子無法再嗅到藏在兩瓣嘴唇裡的酒氣。海身上的香水餘味也越來越淡。她挪移了臀部的位置，距離他遠了一些。

「妳常來這家店嗎？」蚊子有點匆促開口問說。

「怎麼了？另外要約我嗎？」海把只剩泡沫的性愛海灘擱上吧檯。

「這就要再看看了。我以前一直在猜，喜歡到黑店來的女孩，lady's night應該都會固定泡在黑店，可是我以前沒看過妳。」

「所以……然後呢？」海口氣有些調皮。

當她這麼說，蚊子意識到，應該再多說點什麼，但他沒能接著再多說些什麼。最後繞了話，「妳需要知道我的名字嗎？」

海笑了。這樣的笑容，是一位女人學生才會有的。

「今天晚上你就是蚊子，以後在黑店裡，你也是蚊子。其他的名字，沒有關係，也不重要。」

另一位海的女性朋友，突然出現，打斷她的話。她從海的身後抱住海彎曲的細腰，咬了一口海的耳垂，用了點力氣說：「警察已經在樓上要開始臨檢，我們都要閃了。」

音樂突然完全消失了。這位女孩的聲音，也是突然變得十分清晰。海向她點點頭，嗯嗯兩聲，將右手輕輕貼在蚊子的大腿，微微撐住了重心，將側臉貼近我的側臉，吻了一次他的臉頰。

「我的名字，真的有一個字是，海……要記得喔。」

饒舌的唸唱真的完全停止了。空氣裡有海的口腔氣味，飄浮著濃烈的伏特加酒精氣味，還有很甜的水蜜桃甜酒。蚊子又嗅到停留在微濕後頸上的香氛後味。入夜後不會打開的白色日光燈，啪，突地被打亮。空氣安靜下來，活血身體也靜停下來，開始嘰嘰喳喳。整個黑店裡的年輕男孩女孩，像是一波波的浪，往狹窄的出口排擠成人流。他們和她們，彎曲雙臂，把手折成短短的蚊子翅膀，拍著空氣，無聲嬉鬧著。

一時之間，沒有一隻假裝的蚊子能夠飛出黑店。

「要記得喔……」

海悄悄說完，溜下吧檯的高腳椅。轉身擠入人群時，她也學她們，拍拍短短的手翅，一樣無法飛離變成光亮的地板。海那柔軟的短裙上出現浪的摺紋。蚊子可以看出那像是香檳杯杯底圓弧飽滿的臀部，卻無法看出裙子底下，究竟是丁字褲，還是女大學生平時穿著的底褲。

烏鴉燒

烏鴉燒

那隻烏鴉快速俯衝到馬路上，停在那一團糊爛的紅豆泥旁，迅速啄了一口，發現不對勁立即抖開沾黏在黑尖嘴上的豆泥屑。就在烏鴉甩頭同時，一輛高速駛過的汽車，直接把烏鴉輾斃。

被輪胎壓過前一秒，烏鴉沒有展開翅膀、也沒有跳開逃離的動作。

站在路邊攤販後頭的工程師，聽見烏鴉空心骨骼被折斷的聲響。他左看右看，沒有任何路人走近。關了鯛魚燒鐵板下的母火，讓鐵鑄的鯛魚模具再一次跳躍翻面。他繞出攤位，走到烏鴉旁邊，第一次發現，近看時牠的軀體比想像中巨大。死去的烏鴉只有少量的生肉和鮮血被擠壓到柏油路面上，那顆留在眼窩裡的眼珠，還有活著的晶體水感。他也注意到剛被汽車輾斃的烏鴉，並不會真正變成卡通式的扁平，死去後的身體看來依然骨肉飽滿。

工程師心想，這隻烏鴉一定十分饑餓，也被曬昏頭，才會誤以為不小心彈出的紅豆餡料，是鯛魚的生肉。

在太陽高溫下，紅豆餡無法像活魚蹦跳。

日曬的高溫在沒什麼車輛經過的偏僻柏油路面，看得特別清楚。已經是午茶時間，緊鄰馬路的電子公司大門，還沒有人走出來。管制進出的警衛室屋簷下，有一塊液晶螢幕，顯示著今年入夏以來的最高溫：36.9度。接近人的體溫。今天一整天，他一直想著，接近人體溫的氣溫，究竟是怎麼一回事。這樣的氣溫會不會影響烤鯛魚燒的秒數。

一切都跟溫度有關。如果能夠把餅皮烤得更薄、更酥脆，讓紅豆更綿密，應該會引起更多上班族的喜愛。

皮不夠酥脆。一位不太熟識的研發部主任曾經給過他建議。

紅豆餡如果能甜一點可能更好……也不用太甜……就好像少了什麼東西，說不上來。一位還待在同一條生產線上的女同事，曾經這樣描述他的鯛魚燒。

工程師問過她，餡料裡少了什麼？

這位女同事有點不知所措回應，怎麼會知道呢。這要看老闆自己……

她反而想知道，為什麼他會放下不錯的薪資和公司福利，改行賣鯛魚燒？

他十分認真的回答，做太久了，想改變一點什麼。

她則回應他說，烤鯛魚燒，也沒有想像中的那麼簡單吧。

在那次對話後，他便不再喜歡那位女同事。過去曾經想要追求她的想法也都消失了。

提出辭呈前後，工程師決定在原工作的電子廠外頭做點與吃有關的小生意，應該比較有機會。他隸屬的部門主任也說，去試試，如果真的不行，就回頭說一聲，再來安排。離開工作崗位，工程師沒有求職雜誌描寫的，突然獲得自由的不安，也沒有那種對自己創業的猶疑。就是試著改變一點什麼而已。至少到今天，他依舊這麼認為。

近來會讓他半夜醒來的事，多半和鯛魚燒有關。麵粉的比例，幾比幾？醒來過一次。抹在模具內裡表面的油是大豆油、花生油，還是橄欖油？醒來過一次。如果用橄欖油，要選第一道初榨的嗎？也醒來過一次。要不要改賣車輪餅形狀？再醒過來一次。鯛魚？不能是其他也活蹦亂跳的旗魚、黃鮪，或者會飛的飛魚？這些問題，也讓工程師多次醒來。餡料要試試增加奶油、芋頭、綠豆，還是也加賣鹹的菜脯、蘿蔔絲？餡料的問題，總是讓工程師無法再入睡，呆坐在廚房，猶豫著要不要開火試煮。他自嘲，這也是加班，不同的是生產與品管都由自己一個人決定與負責。

大多數人直覺會買也愛吃的，還是紅豆餡。工程師查過一則網路分析，清楚知道這項比例上的口味偏愛。

來了一陣風，十分微弱。工程師的背在排汗。他想，就連烏鴉也為了紅豆餡料喪命。看著馬路上的烏鴉屍體，嗅到新鮮生肉與血的氣味，他突然覺得，輪胎輾過的烏鴉，有一種自然的美感，好看而且不停引人注視。

似乎是的。路人都喜歡看一眼被壓死的貓狗、老鼠，蛇與青蛙。他覺得，鳥類最美。這一次，是黑的烏鴉。

回到攤位上，工程師從側背包裡拿出雜記本和鉛筆，再次左看右看往前看，確定沒有來車也沒有路人，才回到烏鴉旁，盡可能把牠的屍骸形體，粗線條描摹在空白的雜記本。死去的烏鴉依舊有鳥嘴、有眼珠、有頭顱，翅膀被壓成有點俯衝企圖的角度，兩隻細腳都折斷翹離路面，有些毛管根部刺出皮膚，但大部分的羽毛都還插在對的毛孔點。

就在停筆思考要不要多勾勒幾筆炸開的羽毛時，身後有人出聲叫喚。

「要買鯛魚燒。」是那位他曾經想要追求的女同事。

工程師收妥鉛筆雜記本，轉身回到小攤販的後頭。

「怎麼了？」她問。

「一隻烏鴉……被車子壓死了。」

女同事看向馬路上的那具烏鴉屍體，露出了嫌惡也恐懼的表情。口中輕罵，「還好不是貓狗……」

沒關係，已經死了，別怕。如果工程師還對她有興趣，會這樣告訴她，但他沒有說出口。

「六個？」他問。

「七個。」她說。

「多一個？誰吃兩個？」

「今天來了一個新人。主任說，請大家吃你的鯛魚燒。」

工程師抖開紙袋，一尾鯛魚蹦進袋洞。一個紙袋跳一隻肚包紅豆餡料的鯛魚。

裝了幾個之後，他才開口問，「新人……補我的缺？」

女同事沒有第一時間回應，等接過一整袋七個鯛魚燒，才微微點頭，「我問過主任，只有一個人事缺。新人的速度沒有你快，不過我們這組交件不足，真的忙不過來……」

收下七個鯛魚燒的錢，這是今天的第一筆收入，也是昨天唯一的一筆生意。只不過，昨天是六份。

一輛載運零件的小貨車開出電子公司大門，再一次輾過烏鴉屍體。牠先是更扁了一些，但熱風一滾過，又把牠吹出可以飛翔俯衝的薄片軀體。

警衛室外頭掛著的液晶螢幕，顯示要多喝開水避免中暑的字樣，接續跑出，目前氣溫：37度。一切都與溫度有關，但工程師無法感覺與體溫相同的氣溫溫度。

他關掉母火，閉鎖瓦斯桶，迅速收妥查看熟度的粗鐵針與油布棒，把調好的濃稠麵糊冰回簡易冷藏箱。這時他發現小湯瓢上，還有一隻鯛魚燒肚子能容納的紅豆泥。表面一顆顆的紅豆，因日曬失去水潤。

趁著一陣弱風，他把這團乾燥的紅豆泥，丟給了那隻烏鴉屍體，像是餵養。乾燥的紅豆泥落地時瞬間扁平，向周圍緩緩游成出魚尾、魚頭，但還沒生出鰭，就乾了死了。

另一陣熱風捲起烏鴉的小朵羽毛，繞成毛絮的旋風。那些還有近黑湛藍光澤的羽毛，在路面上盤旋振動。風再強一些，折斷的細腳就拔出柏油。從工程師的視角看過去，烏鴉是活過來了。牠只是黏在柏油裡，也被小碎石卡住碎骨，無法趁著熱曬扭曲的氣流飛離路面。收拾完畢後，工程師把小於一塊榻榻米大小的攤子扣掛在摩托車的尾架，緩緩拖曳，騎入不停扭腰擺動的路面，離開了電子公司的大門側邊。

這天，他提前結束營業，沒有立即返回住所，直接拖著攤子，騎上路面扭曲、安全島和植草也扭曲的省道公路，一路直抵當初訂製鯛魚燒的模具工廠。他從背包裡拿出雜記本，交給訂製模具的設計工匠，希望能依描繪的烏鴉形體，打造烏鴉圖案的鬆餅模具。

「重新開模會需要一筆錢。」模具工廠的小老闆說。

「錢不是問題……會需要幾個工作天？」工程師說。

「剛好沒有訂單，師傅有空，他做好了，我就打電話給你。」

「這看起來，是烏鴉吧？」設計工匠插口問。

「是烏鴉。」

「這鳥的姿勢有點奇怪，好像死了？」

「被車子輾過的烏鴉。」

「鯛魚燒的鯛魚活跳跳，你的烏鴉死翹翹，賣這種形狀，不奇怪嗎？」

工程師聽著設計工匠描述，禁不住笑了。

回到家之後，他把摩托車和鯛魚燒停在車庫。一旁停著一輛二手中古賓士。工程師在這輛車上花了不少時間和錢，在不改變原車架的前提下，換了湛藍色的全新座椅皮套，也重新整車烤漆成能騙來水光的一號黑。兩邊的後罩鏡與前後擋風玻璃邊框，都加裝鍍烙銀條。四個輪胎像是停止不動的鳥眼珠，閃亮著復古的水霧鋁框。從決定開始賣鯛魚燒之後，這輛車有好一段時間沒有開上路了。遇上不適合擺攤的風雨天，他就會幫中古賓士洗洗車體，把車窗玻璃都擦亮，最後就是打開車庫門，啟動引擎，讓汽車在空檔中暖車。如果沒有特別想要投入的電玩遊戲，他就待在車庫，端著手沖咖啡，聽著從賓士車裡播放出來的音樂。如果風雨持續多幾天，他會關去音樂，調到廣播頻道，聽聽主持人和某個打電話的聽眾，聊天說話。如果聽眾問了問題，工程師就在車庫裡回答他。如果主持人回答了，在下一位聽眾來賓接通前，工程師喝一口咖啡，再多追問下一個他想知道的問題。以此，度過一些沒有事的午後、深夜，有時是太陽剛升起沒多久時。

隔天，太陽一升起，氣溫就靠近體溫。

工程師沒有在午飯後拖著鯛魚燒攤子前往電子公司的門外。他穿上輕便的麻織短袖與純棉短褲，踩著涼鞋漫步到市裡一家有奇裝異服的表演戲服店。一件件表演服、喬裝遊戲的角色，還有奇怪的怪獸鬼怪面具，分別躲在不同的角落，很生硬嚇人。只有空調口吹動的幾隻白布鬼，在原地飄浮。

「有沒有鳥的衣服？」工程師問。

耳朵上掛著一排耳洞的女店員皺眉想了一會，才回問，「哪一種鳥？」

「烏鴉，有嗎？」

「沒有烏鴉裝，只有一件鳥人裝是黑色的，主要在手腳還有背後，縫上黑色羽毛，頭上有連身的鳥嘴造型頭套，也是黑色，這樣的，可以嗎？」

這是工程師在網路上查到、唯一一家可能有鳥類表演服的店。店員拿出來的黑色鳥人裝，縫上去的羽毛比他預期的少很多，從鳥頭鳥嘴連身帽的形狀，也無法判斷是哪一種鳥類。

他只能點頭，說，「就這件吧。」

女店員連鼻音都沒有，抽出一張表格，要他填寫。工程師也沒多想，慣性地先寫落聯絡手機，以及住處的室內電話號碼。

女店員沒有正眼看他，斜睨著電腦螢幕上，類似序號帳目的表格，查詢到這件黑鳥服，然後問說，「要租多久？」

「沒有賣嗎？」工程師停筆，這才留意到剛剛填寫的，是租衣服的個人資料單據。

「你要用買的？」

工程師篤定搗頭。

「你確定嗎？這服裝以前有人租用過，不是新的。如果買了，我們不會接受退貨。」

工程師表情更加篤定，接連搗頭。女店員看著他，微微錯愕。她看他的表情，讓工程師感覺到異樣的羞赧。這時，他覺得女店員深濃的煙燻眼妝圈住的眼珠，鬼靈打轉的模樣，十分漂亮。有幾秒鐘，他甚至覺得那一排由上到下的耳環，不管是一顆銀珠、一圈銀環、一個眼珠，還是落單的翅膀，都深深吸引著他。

「嗯，我用買的。」他說。

「那會貴很多。」她提醒。

「錢不是問題……」工程師沒有想到，會接連兩天，都說了同一句話。

在新的模具完成之前，工程師確定要研發新的紅豆口味餡料。

他擺出預先買好的幾種生豆子，選出一顆大豆，從桌面高度放手，讓大豆落下，撞擊地面之後再彈跳起來。有超過腳踝……他想著這個標準，又選了一顆紅豆與一粒紫米，同樣在桌面高空放手，讓它們落地彈跳。都有超過腳踝。工程師以這個標準，一顆大豆、一顆紅豆、一粒紫米，開始挑選豆子。抛落，撿起，直到一顆紅豆撞到他的額頭，強迫他移轉視線，外頭的天空已經不是白天的海，而是冰箱裡的那鍋舊紅豆餡料。

他加入大豆黑豆，偽裝出更多的紅豆顆粒感，再加入少量紫米，讓餡料的綿密口感有黏稠性。最後，在紅豆餡料放涼與室溫相同之後，再倒入一勺蜂蜜，充分攪拌。幾次試煮，他劃掉雜記本裡不同組合的嘗試，只留下他覺得最理想的豆類比例。最後加入蜂蜜，是因為一部拍攝在盛夏的電視劇，男主角替女主角準備了冰檸檬茶，女主角故意公主病刁難說，加蜂蜜，口味才是最好的。

「加蜂蜜，口味才是最好的。」

工程師覺得女主角是透過台詞，傳遞給他某種祕密。

他透過一樓側邊的落地窗，看著吊掛在車庫裡的黑鳥裝。他抽菸吐煙，在滾動的白霧裡。黑鳥裝飛累了，垂掛成不願意再飛高身體的鳥人。從另外一個窗戶看出去，外頭陽光把鄰居的牆面發亮成一面看不見倒影的鏡子。在那耀耀閃光裡，有蠶爬動的微風。他突然興起念頭，想要了解鳥類飛行的空氣力學與氣流溫度之間的關係……以及，烏鴉是怎麼調節體溫的。

一切都與溫度有關。他再度提醒自己這個工作準則。

黑鳥人停在車庫半空中兩晚之後的那天早晨，工程師接到了設計工匠的電話，通知他烏鴉圖案的鬆餅模具已經打造好。他第一時間鑽進車庫，騎著摩托車掛著攤子，在氣溫還沒爬到靠近體溫高度之前，領到剛好合烤爐尺寸的三個烏鴉鐵模。

交件時，上了年紀的設計工匠告誡說，「用死烏鴉做活生意，不容易喔。」

「師傅能打出模具，死的也能活過來。」工程師微笑回應。

「有沒有想好這樣的鬆餅，要叫什麼？」設計工匠再問。

「烏鴉燒。」工程師立即回應，笑開了嘴角，又立即忍住不笑。

騎回住所的路上，氣溫越來越靠近體溫。胸口、額角、背脊和胯下，都不停湧出汗水。工程師想著黑鳥人，如果把它穿在身上，汗水會怎麼淌流。他在紅綠燈口迴轉，一路騎到常去的五金百貨賣場。沒有花太多時間尋找，他買了一條五公尺長、原子筆管粗細的透明塑膠軟管，才一路騎車回到住所。

一回到家他翻找出鮮少使用、幾乎全新的針線盒，放落布料趴軟的黑鳥人，給自己倒了一杯冰可樂，盤算著怎麼把透明細軟管縫在黑鳥人的上半身衣料內裡。這時，桌上的手機振動了，響了三聲之後，他才注意到那個開始陌生的來電鈴聲。

「喂，你好。」對方是個女人，聲音是年輕的。

「妳好。」他說。

「先生，我不知道你的名字……我是那位賣鳥人裝給你的店員，之前你有留手機號……」

「有什麼事嗎？」

「上次你說，想要烏鴉裝。」

「是的，烏鴉，怎麼了嗎？」

「沒有。因為你買走之後，我們店裡要補做一套鳥人裝，我建議設計師做烏鴉裝。他同意了……所以我打電話問問看，你會不會想換烏鴉裝？」

工程師短暫沉默。側躺在沙發上的黑鳥人，上半身仰看天花板，鳥嘴頭歪歪皺皺，下半身則一百八十度反向趴在沙發上，兩條腿的布料堆成蜷身的刺蝟，黑色羽毛則是生氣的管刺。

「做了嗎？」工程師問。

「已經快要好了。」電話那頭回應。

「那有可能……請設計師在烏鴉裝裡，加裝細細的管線嗎？」

「什麼管線？縫在衣服裡頭嗎？」年輕女店員的腔調，有驚訝也有錯愕。

「沒關係，不用了，這套鳥人裝很適合，沒問題。」工程師立即回應。

「好……如果不換，之後就真的不能退貨了。」

「我知道，謝謝。」

電話那頭，聽起來，遲遲沒有結束對話的尾語。這令工程師興起疑竇，支支吾吾，帶點怯懦問，「請問……對不起，妳是不是想知道什麼？」

「對，」年輕女店員突然興奮起來，「可以告訴我你買這套鳥人裝，準備做什麼嗎？應該不是參加化裝舞會吧？」

「不是。」

「我想也是。」

「為什麼這麼覺得？」

「你不像是去參加化裝舞會的人。」

「那我看起來像什麼？」

「像電子公司的人，就是做科技業的……你是嗎？」

「不是。」

「那你是做什麼的？」

「賣甜點的。」

「騙人，一點都不像。那你賣什麼甜點？」

工程師猶豫了好一會才對電話筒吐露說，「烏鴉燒。我賣烏鴉燒。」

「烏鴉燒？那是什麼？」

「一種新的甜點。」

「店開在哪裡？」

「烏鴉燒……我還沒有開店，我會先用攤子試賣。」

「你的攤子在哪裡？」

「還沒決定。」

「確定了告訴我，我去買你的烏鴉燒，吃吃看。對了，手機顯示的是店裡的電話，打過來說找我，就可以找到我。」

工程師想起年輕女店員耳朵上的一排耳環，還有她那對烏鴉一樣黑的煙燻眼影裡的眼睛。

「所以那套鳥人裝，是你的吉祥物嗎？」

女店員的聊天問話，讓工程師覺得兩人認識很久了。

「算是吧。」

「你要穿著它賣烏鴉燒？」

再更多幾句無意義的對話之後，工程師主動再見，掛落話筒。斷線後，他無法想起怎麼回應年輕女店員，是否穿著黑色鳥人裝賣烏鴉燒。回到住所那一刻，他很篤定要穿成烏鴉來賣烏鴉燒。現在，他看著扭曲在沙發上的黑鳥人，生出了比羽毛更多的猶豫。

工程師把黑鳥人攤開，整平成一片懶洋洋的人，而不是一隻鳥。他拿起針線，把細細的透明軟管，以氣流上升的曲線，縫紉到黑鳥人上半身的體表內層，高到脖頸，最低到胯下臀谷。黑鳥人被銀針穿刺，並沒有被風吹出疼痛的姿勢。這種安靜的躺臥姿態，讓工程師的心緒漸漸安穩平靜。縫紉完後，他用火燒烤軟管的一端，以熔化的膠料閉合一頭的管線，接著注入涼水。少許溢出的清水把黑鳥人染濕。直到透明軟管注滿水之後，黑鳥人幾乎濕身大半。之後，他以火熔合另外一端，確保兩端不會漏水，再讓黑鳥人飛入車庫，掛在無風的半空。

被水染濕的黑鳥人，雙手垂得更低，往後倒的鳥頭重得把胸口都折彎，雙腿癱軟在空氣裡，細水管將黑鳥人的身子拉得更長，顯露出嚴重的疲態。工程師心想，接近體溫的高溫，很快就會把黑鳥人所有的布料、所有的羽毛，全都烘乾。蒸發水分之後，羽毛就能隨風飛顫，連身的鳥頭與尖嘴也會更加硬實。這樣一來，就能調節溫度，降低體溫，和皮膚隔開來，更通風，也會更涼爽……工程師對縫上水軟管的黑鳥人感到滿意。

夏季才剛過一半，又多了另一個逼人從汗裡甦醒過來的清晨。工程師一醒來，一睜開眼，氣溫就已經靠近體溫。工程師沖過澡，打開電視，螢幕下方的跑馬燈新聞，預測這一天會是入夏以來最熱的一天。今天，氣溫會超過體溫。

就是今天了。他清楚聽見這個直覺。

工程師端出昨晚煮好、在電鍋裡燜了一整晚的綜合紅豆餡料，放置在加滿涼水的水槽。他緩慢攪拌，將底部溫度較高的豆料撈高，與上層混合，同時以涼水與空氣，讓新比例的各類豆子與分泌出黏性的紫米充分融合。他插入小指頭，確定溫度降到不燙皮膚，依照雜記本記錄的比例，將蜂蜜倒入持續攪拌中的紅豆餡料。

餡料在紅黑裡慢慢浮出發亮的深紫深藍。工程師已經熟悉，這是紅豆餡料慢慢冷卻下來的顏色。他將所有工具備妥，固定在攤子的各位置，接著以晾衣桿協助輕薄的黑烏人，飛降落地。如他期待的，黑烏人靜靜乾燥了。他脫下短褲，就著內褲內衣，穿進了黑烏人的體內。拉上連身拉鏈，把黑烏人縫成另一層外皮。有幾秒鐘，那些圍繞的水軟管冰鎮了他的上半身。他想著今天返回住所之前，要再去一趟五金百貨，買回足夠長度的透明細軟管。

工程師調整內褲的皺褶，梳理兩腿與手臂外側的一排黑色羽毛，讓它們更容易隨風順毛。他穿著黑鳥人走回住所，先是進行簡單的倒水喝水動作，檢查束腳的貼身褲管是否太過緊繃，再從鏡子裡看看背後的羽毛，是否因為水軟管而分岔亂翹，一發現有，他都反手一根根撫平。工程師打開電風扇，張開手臂，讓旋轉而出的人工氣流，鑽過他的腋窩。他閉上眼，讓氣流生成戶外的風，感覺著每一根羽管被撐起來的躁動。每一根羽毛，越來越急著要掙脫縫線，單獨飛離黑鳥人的表皮。

接近中餐的時間，他已經可以不弄亂手臂雙腳與身後的羽毛，裹著黑鳥人的布皮，完成生活的各種瑣事。他以微波爐料理了已經是熟肉的即食盒，坐落餐桌。他想著那隻被汽車輾斃的烏鴉，每吃一口，就學牠啄食紅豆餡料那樣，讓乾硬的鳥喙啄一次空氣，再學牠那樣顫抖甩頭。工程師想像黑鳥人啄食的模樣，不由自主地發笑。

鄰近午茶時間，微汗的皮膚已經能察覺黑鳥人準備舉手、搔癢、蹲坐種種動作。工程師啟動摩托車，拖曳出攤子，滑入連外的馬路，騎上那條通往電子公司的熟悉路線。就算在夜裡，閉上眼，他都能約略騎在對的方向裡，也能從工廠排放蒸氣的運轉聲、警衛室經常播放的電台音樂，以及交通號誌燈口的提示鳥鳴聲，知道上班的電子公司，就在不遠的那裡。

約莫在距離公司五個紅綠燈之外的十字路口上，工程師突然倉促煞車，慢慢將摩托車與攤子騎靠在路邊。他停妥摩托車與攤子，往回走到馬路中央。那裡也有一隻扁平的鳥。漆黑的身體和羽毛，長長的黑腳，略微粗硬的黑鳥嘴，在柏油上打出另一張不同於烤爐上的模具圖案。但他無法判斷牠活著時，究竟是不是一隻烏鴉。他有些勉強說服自己，那是另外一隻被汽車輾斃的烏鴉。經過一次又一次被輪胎轉壓，這隻黑鳥的屍骸，幾乎完全扁平。至於牠是死了之後掉落到馬路上，還是像那隻會食紅豆餡料而死的烏鴉，根本就放棄了逃，都不怎麼重要了。

工程師閃過念頭，要不要拿出雜記本，把牠的模樣粗略描繪記錄。他放棄了這個念頭。他撐身趴下，讓眼睛盡量貼近地面，目測這隻不知死去多久的黑鳥，還會不會有一絲絲的餘肉，留在柏油路面，死撐著零點幾公分。剛趴下，手心皮才被熱柏油咬出燙痛，他就瞄看到一輛黑色汽車，從馬路的地平線慢慢浮出車體。

先是車頂與車頭，接著擋風玻璃與前輪胎，只是眨個眼，那引擎聲開始顫動黑鳥屍體周邊的細微砂土。太陽在天空亮成一大片光暈，不可直視。黑頭車鑽進舞動扭曲的路面氣流裡，無法判斷車速、無法判斷車體大小。下一次眨眼，黑頭車被扭動的熱氣搬離車道，還來不及眨眼，又飄移到另一個車道。隱約間，他推測那是一輛被改裝翻新的中古車，但無法判斷是什麼品牌。工程師沒有抬起身子，就以趴伏的視角看著黑頭車向他駛來，越來越巨大。就快要看清楚車牌號碼了，他試著在那微微搖曳的霧色水氣裡，默記那組車牌號碼數字。

在電子公司外頭的那隻烏鴉，也能看見汽車輪胎的紋路吧？

眼前這隻烏鴉，被車輪輾過多少次？

會不會有同一輛汽車輾過牠兩次以上？

那隻躺在大門外的烏鴉屍體，這幾天下來，會不會已經完全扁平了？

工程師繼續趴在車道的路面，看著不遠的前方、筆觸粗糙的兩顆汽車前輪，想著這類問題。很快地，眼前的路面，完全被車頭擋住視線。沒有多餘的路肩、安全島與轉彎的車道白線。他在路的這一頭，黑頭車在它的路上的那一頭。在他牢牢熟記車牌同時，同一條車道上的黑頭車，沒有響起任何喇叭聲，在距離穿著黑鳥人的工程師三個車身的距離外，被微弱的氣流推移到另一條車道。熱風先壓上他的臉頰。黑頭車呼嘯經過，不安的氣體擾動黑鳥人手腳身背上的羽毛，但從地面向上撐起來的氣流，還不足以讓黑鳥人真的飛離地面。

一身黑的工程師撐起身體，看著離去的黑頭車。車體車尾快速變小，先在下一個紅綠燈停留，但一轉成綠燈，黑頭車很快就縮成等比例的玩具小車，消失在路的下一個轉彎道。他沒有再停留，一路等速前進直抵已經幾天沒來的攤位固定點。攤子才移入定位，大門保全人員就走靠近過來，一臉狐疑探看。

「是我。」工程師露出更大面積的臉頰額頭給保全人員看。

「怎麼穿成這樣？」保全人員的問話直衝出來。

「就試著改變一點什麼……」

「不熱嗎？」

工程師原本想要說明黑鳥人內裡已經縫了加水的軟管，但看著保全人員想笑又有陌生戒心、僵出奇特緊度的臉皮，他篤定回說，「一點都不熱。」

「穿這樣賣鯛魚燒，很奇怪吧？」

「今天不賣鯛魚燒了，今天開始改賣烏鴉燒……」

工程師的回話似乎還沒結束，那位女同事從廠房大門探頭，和他對上了眼。曾經暗地喜歡過的女同事，在這幾天突然老了許多。她走近前來，從頭到尾打量一遍工程師，才開口問說，「這幾天你去哪了？」

「都在家……試試新的東西。」

「我們以為你不做鯛魚燒了。」

「不賣鯛魚燒了，今天開始改賣烏鴉燒。」

「烏鴉燒是什麼？」保全人員好奇問。

「也是甜點。新研發的鬆餅。」

「所以你穿成這樣……這是鳥人裝吧？」女同事的表情也有點奇怪。

「是烏鴉。」

「烏鴉燒……那我來一份吃吃看，你烤好，幫我送到警衛室。」保全沒等回應便走回警衛室。

工程師有點遲疑，一會要穿著黑鳥人走過公司的出入大門？還沒有結果，他迅速轉身問女同事說，「今天一樣七份嗎？」

「改六份。」

「為什麼？」

「那個新人辭職了，昨天就沒上生產線。」

「為什麼？」

「不知道，主任只說他適應不來。」

「……那我烤六份。」

「等等，我先回去跟主任說，你回來了……」

「好。」

「我也問一下主任，還要不要買。」

「怎麼了？」

「不是鯛魚燒，我不確定，大家要不要吃這種……烏鴉燒。」

女同事請他等一會，好回辦公室跟主任與其他同事確認結果。她轉身小慢跑，通過警衛室管制的出入門。

工程師摸摸黑鳥人的烏嘴，撫順手臂的黑羽毛，盯看烤爐上的烏鴉模具，擔憂是不是哪裡出了問題？他匆促抬頭，查看幾天前被輾斃的那隻烏鴉。

烏鴉屍體已經不在那裡。

烏鴉可能被輪胎捲走了或者遇上了清潔路面的道路養護工程隊，屍體被刮起掃走；也可能被野貓叼走，或是被螞蟻分解成肉屑，搬回到洞穴裡。經過如此多天，那隻烏鴉就算遇上有愛心的小孩，為烏鴉舉辦一場喪禮，埋在某一座公園裡的沙坑，工程師也不感意外，但烏鴉屍體連一根初羽都沒有沾黏在柏油縫隙，只留下跟烏鴉燒模具一樣的灰黑輪廓，烙印在有沙塵滾過的路面。

有可能嗎……飛走了？他閃過這樣的念頭。

工程師快速準備生料，點燃母火，預熱烏鴉模具，熟練將棉布棒浸染初榨橄欖油，快速滾過第一支烏鴉模具以生鐵打造的內肚表面。油光發出微弱的破裂聲。他以指心直接觸摸烏鴉生鐵表面，探測溫度。等升溫到指尖只能在羽毛上停留一秒，工程師立即倒入濃稠的麵糊，等待接觸的表面散發焦熟，也讓中分為二的烏鴉，飛起麵粉的香氣，再以小鐵勺趕入一湯匙黏稠的紅豆餡，讓一剖為二的烏鴉身體，重新接合在一起，讓烏鴉兩面可以均勻煎烤受熱。

工程師快速旋轉模具，由模具打成的烏鴉，活過來了。

這隻生鐵烏鴉被母火頂著，只能在烤爐上方，原空翻轉再翻轉。烏鴉的形狀是壓扁的，牠只能這樣飛轉。這一面太燙了，就換飛另一面生鐵，遭遇橙與藍的細火苗。

一陣焚熱的風吹動黑烏人的羽毛。工程師扳開漆黑的烏鴉模具，另一隻金黃色的烏鴉，從漆黑的生鐵烏肚裡飛出來，剝離成香氣四溢的金黃雛鳥。他以粗鐵針刺入金黃烏鴉的身體，知道這個烏鴉燒可以令人滿意。一微笑抬頭，他立即看見奇裝異服租賃店的年輕女店員，也穿著一身黑色勁裝，梳著有點龐克感的油頭髮型，兩眼圈著深度的煙燻眼影，站在攤子的前頭，定眼看著他。

工程師一眼就認出她耳朵上的那一整排耳環，有些驚訝問說，「妳怎麼會在這裡？」

「我後來想到，我到城裡上班，其實都會經過你的攤子。」女店員說。

「這很巧……」

「是啊，只是我好像沒跟你買過鯛魚燒。」

「為什麼？」

「選在電子公司門口賣鯛魚燒，一定不好吃，而且你長得像科技業，穿得也像科技業。」

「這樣還會嗎？」工程師看看身上的黑鳥人。

「當然不是現在……這衣服還是我賣給你的。」

「我現在不賣鯛魚燒，改賣烏鴉燒。」

「所以才要買烏鴉裝？」

工程師沒有直接回應，提了另一個問題，「穿成這樣，我還會看起來像是做電子業的？」

「完全不像了。」年輕女店員面露苦笑，「不過你穿成這樣，也不像烏鴉。」

「完全不像？一點都不像嗎？」

「一點都不像……真的建議你，還是跟我們換烏鴉裝。」

工程師看著那隻新生的金黃烏鴉燒，許久之後才說，「為什麼？」

「你不是要賣烏鴉燒？」

「我是想賣烏鴉燒……只是，為什麼？妳要讓我退這套鳥人裝？」

「不為什麼，換了，才更像是賣烏鴉燒的，不是嗎？」

「不是規定不能換？」

「我們只是小店，沒什麼不能變通的。」

「老闆沒關係嗎？」

「店裡的事，我決定就可以。最後一次問，你要退嗎，換真正的烏鴉裝？」

工程師沒有回應，用粗鐵針翻動停在降溫鐵網上的烏鴉燒。他突然抽來紙袋，把原本烤好要送給保全人員的烏鴉燒，遞出去給攤子前頭的年輕女店員，他說，

「這個請妳吃，不用錢。」

「謝謝，我不太愛吃甜食。」

「……是不敢吃……還是因為烏鴉，看起來很恐怖？」

年輕女店員立即接過紙袋，大口咬下烏鴉屍體的金黃色鳥頭，大口用力嚼。

「好吃嗎？」工程師問。

「比我想的好吃。裡頭的紅豆，吃起來有其他東西，口感很特別。」

「是新的餡料，我加了一些不一樣的東西。」工程師邊說，邊把麵糊倒回冷藏桶，也把紅豆餡鐵鍋整個打包起來。

「收攤了嗎？你不賣了？」

「嗯……不賣了。」

「為什麼？」

「不為什麼……」工程師一抬頭，黑鳥人就仰頭，左搖右晃，像是在一起找太陽，也像是在一起躲陽光，然後不確知是誰出聲了，「今天……溫度不對。」

「溫度？」女店員把紙袋裡的最後一片金黃烏鴉燒的殘肉，塞進嘴，鼓著臉頰，邊嚼著，邊抬頭找太陽躲太陽，又再看看烤箱上漆黑的烏鴉模具，充滿疑惑，「那是今天不賣了？還是……以後都不賣了？」

工程師笑了一下，看著前頭路面上那塊像似胎記的烏鴉黑斑，快速把工具歸位，把攤子掛上摩托車的尾架，跨坐摩托車啟動引擎，隨著噴發的氣流，告訴女店員說，「妳知道嗎，其實烏鴉這種鳥，一點都不喜歡吃紅豆餡。」

藍色的貓

藍色的貓

中午失去想像地過去一會了。太陽偶爾被幾塊手掌大的烏雲遮住，不過大部分的時間，車內還是有那種刺眼的光亮。男人開著車，吹著冷氣。這種身體同時有熱有冷的感覺，在只能晃來晃去生活之後，經常發生。

另外，就是最近經常想到那隻貓。

「我看過一種藍色的貓。」一位說自己應該能寫點什麼的朋友曾經告訴他。

「藍色？」

他還能聽見當時的懷疑。現在開車溜下交流道，就是想去找找那隻貓。

車子爬上小山頭，往下坡開一點，彎進大學周邊的鬧區，他把二手車停靠路邊白線，下車用走的。這條巷子，看不見底，接連巷底的是一片大菜園，再過去就是沒有顏色的天空。這條巷子和過去它待在這裡的時候一樣，一直都安靜著。他特別放慢腳步，便看見了朋友說的招牌，真的躲在一棵吉野櫻的樹腰旁。

黑底色的招牌。一隻藍色的貓蹲在鮮黃的月亮下，身旁還有白線勾勒出來的黑星星。這條巷子已經變成那位朋友描述的模樣。除了長出超出期待的綠層樹葉，沒有任何描述，在視界裡消失不見。

他推開兩公尺高的玻璃門。門上有長長鐵管做的串鈴，高音低音中音都響了。他有一種來過很多次的熟悉印象。鋼琴就在中廊，沒有人彈。有陽光灑落的中庭，聽得見簡單的鋼琴曲目，演奏的速度比一隻弓身拉背的貓更慵懶些。正如朋友描述的，這家店彷彿一直都沒有客人，但眼下四處都是貓。黑頭、四白腳、花斑、褐色老虎紋……動來動去，多到無法精準算數。有些不理人、有些只能睡覺、有些比老鼠還害羞，有幾隻會靠上來用身體磨蹭。朋友曾想過，這家店其實是貓餐廳，專門給飼主用來寄放暫養的寵物貓樂園，不是人應該去吃飯喝咖啡的地方。

「你好，請坐。」是女店主，她說，「又見面了。」

他有些驚訝。

「不管第幾次來，我都說，又見面了。」

女店主的微笑跟貓偷笑的時候一樣，詭異又有種莫名的舒服，讓人想要靠近，用臉頰撒嬌，或是輕輕搔搔她的下巴。

「一樣是曼特寧？」女店主說。

他忍住了她問話的方式，點頭允諾，補了一句問話，「以前，我都喝曼特寧嗎？」

「店裡只有一種單品咖啡，也只提供客人這個。」

她微笑，請他坐老位子，說等會就送上咖啡。他沒問老位置，左看右看，每一組桌椅上，都有貓。每隻貓都用一雙「不要來煩我」的眼睛盯著他。只有唯一靠窗的座位，沒有貓盤踞。坐落之後，他想試著打電話給誰，說點什麼。想起那位說自己能寫點什麼的朋友，但要說什麼呢，想想還是沒有撥號。

於是，他隨意按下一組沒有顯示屬於誰的手機號，直接撥出。電腦語音回覆，進入信箱留言系統，他等了一會才關掉通話。如果有人接起來，他就會立即斷訊。

要怎麼描述？

朋友告訴他，反正都在晃，不如試著寫點什麼。朋友說，可以從——要怎麼描述——開始寫下句子。他環視一圈店裡店外，只閃過一片樹葉落下的念頭。剛好，窗外真的落下一片櫻樹葉子。十分巧合。他相信那些關於巧合的事。

他拿出那本小小的記事本。裡頭有過去幾年寫入、約莫兩百多通的電話號碼。有公司有人名，有些號碼還能背誦，有些則在開車過橋時，掉落橋下，遺失在流動的水面。他沒有要打電話給誰，只是翻翻看看，好等待咖啡。

他看見一個女孩的名字，想起曾經和她睡過一晚。他曾經嘗試撥這組電話號碼，也接通了，電話那頭的人告訴他，女孩不久前去世了。那時，他想過，如此不經意撥出女孩的手機號，也是可以相信的巧合。

接下來，曼特寧就端上桌了。

女店主依舊微笑，推來小糖罐和一小杯鮮奶。沒有多說話，像貓一樣無聲離開。他以咖啡廣告的方法，攪動咖啡，再緩慢倒入鮮奶。奶精沿著杯緣內面，切開咖啡與瓷杯的貼合面，躺滑而下。一半攀附堆積在表面，另一半沉到杯底之後，如滾燙的湯圓往上彈，攪亂尚未平鋪完整的奶白。空氣裡慢慢累加出咖啡的苦澀和遇熱化開的厚實奶油香氣。

女店主送來了帳單。帳單被捲成了筒狀，插在喝龍舌蘭專用的小管杯。

他喝著咖啡，開始認真固定瞳孔，就像朋友建議的那樣，才一會，室內的燈光和室外滲入的晝光，真的如朋友描述的，被分解了。然後慢慢析出相同色系度的藍。他緩緩轉身，再探看室內室外，就發現女主人擁有藍頭髮、藍瞳孔、藍指甲，藍皮膚上的汗毛和眼睫毛，都泛著微弱的螢光藍。

「請問一下，這間店叫什麼？」他說。

「對不起，我這裡沒有店名。」女主人說。

「外頭有招牌。」

「那是我隨意做的……你怎麼會走到這裡來？」

「朋友介紹我來的。他說，店裡有一種藍色的貓。真的有嗎？」

「有幾個客人說有看到。看到的人說，是一隻藍色的長毛波斯。平常都躲在你身邊的藍色牆角。一動也不動，顏色也一模一樣，很難發現牠。」

「妳沒看過那隻貓？」

「很糟糕，主人自己沒有看見。」

咖啡慢慢涼了，不再飄起白煙絲。

「你是專程來看那隻貓的？」女主人說。

「算是吧。」

「那真的很抱歉。」

「沒關係，最近都在晃，沒做什麼。」

「不過你真的相信嗎？」

「……也沒有什麼損失。」

天空由亮轉灰的層次和咖啡甘醇消退的速度，都在想像外的緩慢裡持續著。漸漸失去光感的眼瞼和空氣裡聚會的濕潤精靈，預言了雨。他起身結帳時，水滴也開始落在窗外，翻過空氣的牆，跳落到屋簷、窗台、紅葉、車棚、馬路。一開始就滴滴答答的。這條被描述過的巷子，很快的被雨水濕染，出現了另一層陌生的新景。他想，雨必定是醞釀了很久的猶豫，才猛然決定灑落。

女店主建議他在店裡等一會，這幾天的午後陣雨，都沒有持續太久。

他又坐回沒有貓的靠窗座位。沒能看見藍色的貓，他有些小失落。滿店的各種各色貓，也因為數量過多，等於沒有，無法引起他的興趣。他看著玻璃窗上斜行的雨水紋路，想著，接下來的安排——開車回家。泡個熱水澡。煮拉麵加一顆蛋。看不用大腦轉動的外國影集。上床前，看一眼不用調換鳴響時間的鬧鐘，就可以跟像近來的日子一樣入睡。

回家之後的過程，沒有什麼錯誤的環節，他也打從心底喜歡著這樣的過程。不過，他提前計畫了，明天，決定開車再來這家店一次。明天，窗櫺外，仍然會有些灰壓壓的重量。他一樣可以穿著這整個夏天都在腳上的涼鞋，走入這條朋友描述好的巷子，推開門引動風鈴，聽女店主說，又見面了，一樣是曼特寧。不管有沒有機會看見那隻貓……他想，至少來過第二次之後，就不用感到驚訝。

海羊

海羊

一個小時前，老闆女兒自行離開鋼琴老師的家。

「她忘記帶走的。」鋼琴老師年邁的手遞給司機一個精緻的便當包。

司機默默站在門口，拎著便當包。

「是一個人，」那已經老了的聲音試著強調，「她是自己一個人走的。」

這個夏天，等待前往藝術大學音樂系報到的老闆女兒，有能力自行回家，無須司機接送。但這是他到老闆家任職這六年來，第一次沒有接到她返回家中。司機鑽入車內，先打開便當包。這是夫人交代的，要確定她的水果有吃完。

為什麼一直做著這個檢查動作？這是第一次，他如此質問自己。

確定音樂系錄取的那天，她也第一次質問他說，「為什麼你一直叫我小姐？我沒有名字嗎？」

叫她小姐，是老闆的規定。小姐的名字，他不曾問過，也沒有人要求他要牢記。幾年下來，只是司機的他，真的無法確定她的名字。

保鮮盒是空的，但多躺了一張對折兩次的紙卡。他在這高級社區外邊的停車格，發現三次紅燈，過去之後，初夜就蓋過整片擋風玻璃，月亮也正好掛在後視鏡的側邊。他打開保鮮盒，翻看那張對折的紙卡。形式看來像是一張名片。紙面上，藏著空白，什麼字都沒有。稍微搖晃，才在偏光裡發現紙面上隱約的霧面亮地。他仔細端視，看出了一隻四肢的動物身形，像似短角的羊，披上霧亮。那身形底下，是一個更隱約的羊字。再搖動幾下，又隱隱浮現出幾排更小的字，像似猜謎的描述，也像一串可能無意義的籤詩。

他反覆騙來交通號誌燈、路燈、對向來車的遠光燈，和擋風玻璃不會移動的月光，直到默記了這幾句描述：

小島東南山崖，
路毛的盡頭，
關於海羊時間地。

羊。沒有地址，沒有電話的名片。只有三句描述。

止滑墊上的手機振動。是老闆主宅廚房裡的那支室內電話號碼。應該是女傭莉莉打來的。大他十歲左右的莉莉，不是外籍傭人。他的母親是傭人，也和莉莉一樣，不是外籍者。有好長一段時間，當手機顯示這串數字，他總會聯想，如果母親沒有無端離開老闆家，手機那頭會是熟悉的聲音。司機沒接聽，背後滲出薄薄的汗，又再等手機振動靜止，再振動與再靜止，才開車駛離。

他繼續開著車。手機不再振動，完全靜止下來。然而沒有接到鋼琴課後的老闆女兒，已經是前天的事了。

在那之後，司機沿著島的西北角海岸公路，駛向東南。原本半天的車程，他走走停停，在一處行動咖啡車，喝了一整早的咖啡，看著平靜的海面，想著老闆女兒為何自己離開練琴房，不讓他接送回家。

想累了，就睡在車上，由太陽曬醒。就這樣失去了一天。

上一次入睡前，他在月亮再次爬上擋風玻璃時，反覆端看那張名片上的字串，想著要找到老闆女兒，接送她回到家。她一定還沒回到家。昨天凌晨的一則語音留言，莉莉說，老闆已經報警處理了。如果他聽到留言，趕緊打電話回去。在那凌晨的語音信箱之前，手機時不時就振動與靜止，再振動與再靜止。他決定關掉手機電源。

過去的昨天與前天，都過去了。

司機注意到，儀表板顯示油箱一直是滿的。

他輕輕托著方向盤，不踩油門。沒有設定導航，高級房車也能向前行駛。車窗無聲降落，海浪立即漫溢耳洞。他把房車停在公路邊的觀景台，刻意不熄火，下車打開後車廂，拆開沿途小商家買的紙製內衣褲與紙襪，也清點那些折疊在收納盒裡的襯衫、西褲、領帶、另一件材質防皺的西裝、牙刷牙膏漱口杯，和一些接送等待時看的書。這些個人生活用品，他把它們等分為二。一半在老闆家車庫旁的臥房；另一半，都在後車廂。他抓走幾本舊雜誌，塞入觀景台的分類垃圾桶，在公共廁所的洗手台，以濕毛巾擦拭身體。敲過一輪公共廁所的門，他輕喊，有人嗎？遠的近的回應，只有拍上岩岸的海浪。

他檢視左右延伸的公路，沒有任何一輛汽機車，再看一眼未熄火的黑色房車，心想，油箱可能會一直滿著吧。

他緩緩走進公共廁所，換上新的紙製內衣褲，之後繼續沿著島的西北海岸公路，駛向東南。一直向後前進的左手邊，有時是活在潮汐線的沙礫灘，有時是入葬的綠苔頁岩，有時是直接嗑入海面的牙壁，冷得一直顫抖。無法向前拉扯的右手邊，是沒有房子的山壁，偶爾鋪著灰綠綠的植被，偶爾長出光滑的活水泥。再高一點的坡地上，如果滾來遠處山與海的風，五節芒會變成另一種海洋波浪。路自己轉變成下坡，車子也自動加速到六十。

後方的兩響喇叭，在無浪的路面衝前，超越了他。是一輛紅色的跑車，火嗚嗚超車到前頭空蕩蕩的線道。隨後又呼過一輛銀色、一輛黑色，但不知道是什麼廠牌的跑車。它們很快就變小，被遠方的彎道吞噬消失。就在靠近彎道的地方，路面吐出舌頭，托出一片觀景台。

一輛被太陽燒紅的跑車，停在那。門突然打開，跨出一個穿著牛仔短褲的女人。她用力甩門，忿怒走離觀景台，沿著白線走上了道路，就往司機行駛的逆方向走來。那跑車扭身追上她，停在她的後方，打開車門。這一瞬間，後頭一輛行駛中的便利商店小貨櫃車，兩聲喇叭，就把駕駛座的車門給撞飛。司機心頭一緊，先輕踩煞車，往更內線的山壁靠停，躲開那片飛過中線的跑車車門，才慢慢往前駛過那輛失去駕駛座車門的火紅跑車。他停在距離三十公尺外的路邊。在便利商店貨車消失在彎道的山角之後，公路又再度失去所有行進中的汽車。

司機探出頭來，等了一會。那女人站在路旁，一臉驚嚇，但她很快就轉頭走離，繼續在海風裡交錯那兩條白皙的腿。跑車的主人下了車，挺著啤酒肚，但掛著一張娃娃臉，洗得白白淨淨，被陽光曬成面具。跑車主人回神之後，就在車邊用力跺腳，整個身體在原地上下跳，把肚子上的脂肪抖成受風的海浪。他如此用力，但卻沒有蹭出任何一句話，只有悶悶的嗚咽。

司機看著這一幕，隱約回憶起很久以前的一些事。但他同時想著沒有接送老闆的女兒，以至於那些事遲遲無法成形。他讓汽車繼續向前行駛。過中午一會了。太陽偶爾會被幾塊像手掌的烏雲遮住，不過大部分的時間，車子內部還是有那種刺眼的光亮。曬到陽光的大腿會熱，但是從白色浪頭上吹過來的風，一鑽進車窗隙縫，還是會讓脖子皮膚刷上涼意。油箱表的指針還是頂著盈滿線。

要不要找家修車廠，檢查油箱？

借來簡單的工具，他就可以自己處理，就像過去在部隊駕駛班裡被告知教導的……司機記起來了。那個時候。他不敢嗚咽，只能看著兩位駕駛班的學長，在喝酒半醉之後，各開一輛近三十年車齡的軍隊老客車，以倒車方向行駛，並在近身交錯的瞬間，推開車門，把兩片車門都撞裂。那兩片門沒有飛成翅膀，就只是一聲巨響，反折掉落在地面。

兩個學長從沒有門的駕駛座跨出來。

「給你一個星期，把車門裝上去。」一個學長說。

「下次問你話，要出聲回答。」另一個學長說。

那個時候，他一直想著班長說過的，好的駕駛兵不長嘴，也不長耳。不管聽見什麼，都沒聽見。既然都沒聽見，就沒什麼事好多說的。

他一直記著，好的司機，不用說話。

他也覺得，靜靜聆聽就夠了。

「去工廠。」

早飯之後，聽老闆這麼說，他就開車到工廠。

「一會吃完飯，到公寓去。」

中飯之前，聽老闆這麼告訴他。中飯之後，他就會開車載老闆，駛入一處豪華的高級社區。

「回去工廠之後，你告訴祕書，我去哪裡了？」

每次離開公寓，老闆總會看著後視鏡裡的他，問這句話。他總是靜靜看著前方的下一個交通號誌，紅燈、綠燈，或者閃著黃，連點頭都沒有。

每個週日早晨，夫人什麼都不用說，一走進車庫，他就會取車載她去教堂，然後待在停車區等上幾個小時，把報紙和雜誌都看完。

「去那裡……」

只有一個週末早晨，夫人上車之後，出聲這麼說。司機聽見了，發動引擎，開著車在市區裡繞了十來分鐘，才約略知道要開往哪裡。他多繞了幾個大圈之後，才抵達那個高級社區的入口大門前。

「停一會吧。」

他聽見夫人的指示，把車停在經常停的位置，讓引擎繼續，讓空調繼續。不知過了多久，他才聽見夫人開口，「回去吧。」

從高級社區返回的路線，不是工廠，而是老闆夫人住的大宅，司機駕駛得很不順手。夫人則在一個紅燈底下問他，「你經常去那裡嗎？」

後視鏡裡的司機，沒有一絲絲多餘動作。

「這樣很好……」夫人說。等又開過幾個十字路口後，她才又開口說，「讓你開去那裡，真的很對不起。」

他專注看著路面的分向白線，想起母親曾經提及有關夫人的叮嚀。他連呼吸都沒有更用力一些，靜靜駕駛。

開車載某個人，從一個地方到另一個地方。這件事，他知道自己可以做好。就像他擅長的，安靜不多說話。

只有一次。那是一個夏天的早晨。小姐帶著泳衣，在俱樂部的大門口，要他停下來，然後告訴他說，「今天不去練習游泳了。」

停了好久，她才跟他說，「去你想去的地方。」

只有這一次。他不確定要把車開往哪裡、開到哪裡。他把車停在路邊，沒有熄火，不經意透過後視鏡看著後座的小姐。

「去你想去的地方。」

她重複了一次，但並沒有看後視鏡裡的他。

司機看著後視鏡，裡頭只有他自己。

同一輛汽車，一直沒有熄火，但後座並沒有需要前往到哪裡的小姐。

他靜靜看著擋風玻璃裡的前方。

那時，前頭的路，充滿覆蓋天空的漂亮行道樹。他沒有踩踏油門，也沒有回話，就像母親曾經告誡過的，靜靜地等待，一定會聽見有人告訴你，把車開到哪裡。

現在，眼前的擋風玻璃，框住了三分之一的海、三分之一的山壁，以及三分之一的路，全都沒有盡頭。海一直停在那裡，山壁不停向後刷洗，路卻一直向前延伸，在幾乎靜止的視界裡奔馳。

那時，引擎不知啟動空轉了多久，小姐終於說出吩咐，「算了……牧場。去牧場吧。只要有養羊的牧場就可以。」

聽見這樣的指示，道路就開始往後走了。

擋風玻璃框架的視界裡，那些高樓大廈自動跑馬，一直到路面從下坡突然轉生成陡坡。接著，轉過幾個勉強可以會車的彎道之後，坡度才慢慢害羞下來。路面上生出少量的樹。這裡一朵雲黑，那裡一團長了汗毛的黑。路面的樹突然快速增生繁殖，然後山路就出現了。只要持續繞轉方向盤，就可以聽見風吹送來的海聲；只要讓輪胎繼續向前滾動，浪花的聲音就會忽遠忽近，一會聽來稀薄一會又會鬧耳朵。只不過，一直一直都沒有找到有養羊的牧場。等輪胎輾過碎石子，天空提前灰暗了，司機知道是該送小姐回家的時候了……

他這樣回想著，那時的那一次。

碎石擠壓彼此的細語，密密麻麻從車底傳來。他已經駛離主要幹道不知多久了。就在碎石小路的路邊，出現一塊以生鐵板切割出來的短角羊標誌，立成一塊落地招牌。這塊生鐵招牌上，沒有其他標示文字，除了短角羊，就只有一個箭頭指往更小的岔路深處。他意識到看見的招標，緊急踩踏煞車，停靠在路邊，查看那張從空保鮮盒拿出來的名片。

羊。是一模一樣的羊。

小姐告訴他，有關羊的事，是在一個週末的早晨。那天，也是去考音樂學院之前，她與老闆約定的，最後一次自由外出。

她指揮他行駛的路線。先是慢慢繞跑整座城市。車子滑過有光穿過樹頭孕育出綠蔭的幾條大道，同時輾過公車道上那些還微微潮濕的落葉。從擋風玻璃看出去，那些黑團團的樹蔭低下頭，啃食著柏油路面的落葉。東京衣著、巴黎麵包、西雅圖咖啡、瑞士鐘錶、倫敦大笨鐘……這些有關城市的招牌，一一倒映在車窗上，接連其後的騎樓大廈。她唸出它們，像對自己說話那樣呢喃……波爾多紅酒、愛丁堡藝廊，一直到說出，蘇格蘭黑頭羊，她才開始描述，曾經跟父母去過蘇格蘭最北的一座島嶼旅行。

在那座島嶼上，如果一陣風滾過麥穗，整座島嶼就凹陷起伏成一片金黃的海。那種海浪的聲音，窸窸窣窣，會在人的耳朵肉壁上留下回音。時不時地，她還會看見一群鳥從金色浪頭飛出金色海面。那個島嶼上，只有少量的人是漁民，大部分的島民都是農夫，種著用來釀造威士忌的大麥，養著頭部捲毛全黑的羊。那些黑頭羊，平常被關在羊圈。夕陽來的前一個鐘頭，年輕的蘇格蘭男孩會趕牠們到鄉道上走路運動，時不時要避開另外一家農戶圈養的黑頭羊。麥田收割之後的那段時間，黑頭羊群就有機會進入麥田。牠們靜靜低著頭吃草，等待汽車經過，便抬起黑色的頭，像鋼琴的黑鍵，停在一樣的高度上，等著蘇格蘭的海風，按下一顆顆的頭。當牠們小跑步奔走起來，那些白茸茸的身體，會抖成鋼琴的象牙白鍵，一起彈奏出只有羊群才懂的音符……瑣碎呢喃到這，小姐轉口特別強調說，不管如何，牠們只是羊，小粒小粒的羊糞，還是有很濃的臭味。牠們只是羊，在她看著牠們的時候，那些公羊還是會偷偷爬上某一隻母羊的背上，很自由地交配，發出有點微弱的興奮聲音。牠們真的只是羊，交配生下來的羔羊和牠們自己，不管腹肚的呢毛多麼柔軟，最後還是要給人吃的。

「那些黑頭羊，就只是羊。」

說這句話時，小姐從後視鏡裡睜大眼盯著他。

司機看著後視鏡，裡頭還是只有他自己的五官。

同一輛汽車，依舊無法熄火。

在引擎的空轉聲裡，他聽見了稀薄的海浪。那只是無數大小不一的紙張被抖動，不是麥穗的外殼摩擦彼此的力氣。

是羊。

司機再看一眼路邊的落地標誌上，確實與名片上那隻有一對短角的羊，一模一樣。

羊形標誌箭頭指向的岔路深處，只有碎石子。不知道有沒有盡頭。他看一眼油箱表，想著不知繞轉多久的山路，油箱卻依舊是滿的。

突然地，在那些抖動的紙張浪聲縫隙，他隱約聽見有一些羊的叫聲。

開車進入岔路，碎石子路面就往更深更遠延伸過去，直到出現另一個岔路口。一邊是險降坡，另外一條是有短角羊箭頭指向的緩上坡。他繼續沿著指標行駛，再多開一個彎道，碎石子路面失去延伸，有了盡頭。

那是一棟兩樓高的牆形別墅。有一塊招牌，上頭只有短角羊的圖案，沒有名稱，洩露這裡可能是一家民宿。他剛開入停車區，就發現斜瓦屋頂上，有一隻羊。羊面朝他開車進入的方向，喘出幾聲羊的叫喊。白絨毛的頭顱，頂著兩根短角。全身灰白蓬鬆的牠，站在二樓窗戶遮雨棚的平台上，邊咀嚼著青草，邊盯著擋風玻璃裡的他。

一個女人推開門走出房舍。她穿著一整套淨素米白的長裙，領口、袖口、衣裙下襬，以及布腰帶，都有一小圈紗線蕾絲滾邊。她對他招手時，大波浪的長長捲髮，微浪一樣滾來。

他在空地停妥車，熄火之前，又瞄了一眼油箱表，依舊頂滿，一格刻度都沒有消耗。

這位民宿女主人看來比母親年輕些，站在玄關外問他，「用餐嗎，還是喝點什麼？」

司機點頭，又仰頭尋找那隻待在屋頂上的短角羊。她保持微笑，他則微微地持續點點頭。

女主人引他入內，在櫃檯前停步了一下，想到什麼似地問說，「需要住宿嗎？」

他看著檯面上銀亮的服務鈴，想像敲出來的清脆聲響。

「……還有空房間嗎？」

他說出口了，聽見自己的聲音。原來是這樣，原來一個司機說話的聲音，是這種陌生。

「現在淡季，只有一個房客。」

他點點頭，站了一會才又鼓起勇氣問話，「是一位年輕女孩嗎？上大學的年紀？」

他已經想不起來，上一次主動問話與主動對話，是跟誰，又說了些什麼。他吞嚥，喉管乾燥難受。女主人倒來一杯水，淺淺回應，「樓上現在住著的，是一位年輕女生，差不多是你說的年齡，不確定是不是你說的人。她前兩天入住……不過我這裡不是合格的民宿，沒有登記她的名字。」

他突然想到，這些年來負責接送老闆的女兒，身邊卻沒有她的照片。

「如果需要，可以安排你住在二〇二號房，就在二〇一號房的旁邊。」女主人說。

他往入門口方向，像開車久時那樣舒展了脖子，像似探看，但沒有真正在尋找什麼。一會後，他點頭允諾。

他想吃點東西，便坐落在有家庭溫馨感覺的餐廳。有一整面牆是落地玻璃窗，外面是大片的草皮，一路延伸到不遠處，接上防止靠近崖壁邊緣的柵欄。他靜靜看著這塊玻璃牆，彷彿坐在更大片的擋風玻璃這邊，感到自在，才安心吃著女主人送來的三明治。

視野深處的海洋，慢慢吃進夜的顏色，而更遠處的天空，則是向上倒映的夜的雲海。法國香頌的女伶歌聲圍繞，他聽不見任何一種自海洋傳來的聲音。最後一口三明治吞嚥之後，他聽到重錘物撞擊水泥的壓抑，接著是緩慢連續的踩踏。

他直覺聯想，是羊，是牠的腳蹄。

女主人從櫃檯走向餐廳，對他說，「羊餓了，我得去餵牠……不好意思，這房子就我一個人打理。你想在哪休息都可以。吃完空盤子放著就好，我一會再來收。你也可以到房間休息。」

女主人把二〇二號房的羊形鑰匙圈交給司機，從側門走到靠海的草皮後院。沒一會，後院亮起了一盞盞的夜燈，把夜空和海洋推得更遠更深。

他轉身正對後院，落地窗擴張成更巨大的擋風玻璃。他慣性地試踩了牆角，立刻聽見引擎運轉。右手一滑動椅子扶把，整棟民宿建築便向前駛進。房子移動了至少有幾公分那麼遠吧。他趕緊縮回腳，右手也推進到空檔位置，聆聽民宿地基下頭已經老舊的引擎，橫著痰在清滾喉管。一位小男孩這時走進餐廳，倒映在室內室外燈的巨大落地窗裡。玻璃上的黃白光暈多層，一時間司機無法判斷，小男孩究竟在裡頭還是在外頭。

小男孩開口向他問好。

司機猶豫許久之後，才以點頭回應問候。

房子熄火了。兩人看著窗外。天花板上落下零星的踢躂蹄聲。

「叔叔也發現了嗎？」小男孩說。

司機恢復安靜時的他自己，安靜看著小男孩，沒有多餘動作，等待誰先說話。

「這棟房子會慢慢滑到懸崖，最後掉到海裡。」小男孩說。

後院草皮的坡度，是肉眼不容易察覺的緩降坡。灑水器啟動了。細水條在夜間飛舞，在黃光裡洩露行走的動線。它們先是直箭，瞬間斷裂成截，然後飛轉成水扇，落成粗細不一的矮雨。草皮濡上一層又一層的水珠，像是從遠處海洋接連過來的淺灘沙洲。在這麼濕滑的草皮上，就算踩死腳煞車、拉緊手煞車，汽車一樣也會慢慢往下滑，最後就真的慢慢駛入海洋了。他如此推想，等回神過來，小男孩已經走上往二樓的樓梯。他沒第一時間跟上，繼續聆聽天花板。這時，天花板失去了羊的腳蹄聲。靜悄悄了好一會，灑水器也乍然停止，那微弱的水珠運轉也停止滾動。司機起身，有種離開汽車的錯覺，一路走往通向後院的側門。才一開門，就被懂哭的海風包圍。一腳踩上柔軟的草皮，就聽見懸崖下方傳來的、浪潮的熟睡鼾聲。

女主人不在後院。他往二樓查看，並沒有任何短角羊待在某個向外吐出水泥舌床的窗戶外台。一個回身，立即看見民宿二樓最邊角的窗戶是打開的。一個女子光溜溜趴伏在窗櫺上。蓬鬆紛亂的長髮覆蓋她大部分的臉，無法辨識。加上光裸的軀體，她羞澀成一頭被剃光暖毛的黑頭羊。那靜止不動的光裸背上，突然搭上了兩隻蹄腳。是羊。那隻短角羊毛茸茸的羊頭，浮現在窗框裡——牠的兩隻前腳搭在黑頭女的背上，以後肢站立，慢慢往前移，慢慢靠近黑頭女，才能出現這樣的畫面。

短角羊沒有從後頭衝撞黑頭女。她埋伏頭，沒有呻吟；牠也沒有發出任何羊的叫喊。那對發亮的死珠子眼睛，直直盯著在後院草皮上無語觀看的他。

這一幕，讓司機輕微勃起了。

他清楚感覺到初醒過來時的輕微充血。

已經是另一個早晨。司機沒有在車上睡，也不是睡在大宅車庫旁的臥房床上。一睜開眼，人已經坐在柔軟的床緣，睡眼惺忪撥弄頂著內褲的私處。

他還有錯覺，只要離開床，就可以走到隔壁的車庫，就可以先檢查油箱還剩餘多少汽油。如果需要，也要確定水箱的水量。他發呆，坐著越久，昨天深夜就越來越清楚。回到二〇二號房之後，他簡單沖洗就躺上標準雙人床，一邊聆聽著二〇一號房，一邊想像那隻短角羊，正在隔壁房間裡，靜靜騎在裸裎的黑髮女人背上。他陸續聽見，床板被輕微擠壓，馬桶沖水，水流過牆壁裡的水管，還有腳蹄走過海島型的防潮木地板，隱隱約約，似乎還有大量的青草在寬厚的臼齒之間被咀嚼磨爛。他平躺在二〇二號房，卻在舌根深處舔出新鮮青草的氣味。突然有重物撞上牆壁，一聲接著一聲，聲源從遠處慢慢靠近，聲量也越來越大。

他被這種聲音喚醒，穿上衣服，走出二〇二號房。一盤裝置簡單、看來營養的早餐，擱放在二〇一號房門外的小牆桌。和昨晚深夜一樣，他呆站在二〇二號房的門口，有好一會，凝視二〇一號房的喇叭鎖，沒有靠近過去。這個早上，他一樣沒有靠近那道門。

他下樓，走到民宿面向陸地的那一面。停車的空地上，陽光開始飽和。昨晚的那個小男孩，穿著同樣的連身帽運動服，戴著棒球手套，正在練習對牆投球。

民宿的這面水泥牆上，有紅磚線拉出來的一個圖案。有許多污印覆蓋在上頭，他仔細端詳，才看出那是畫得有點扭曲的羊頭羊脖子，以及沒畫完的羊身體。牠原本應該與水泥牆面，一樣都是灰。被棒球反覆投擲之後，慢慢染成了一隻黑頭羊。

小男孩先開口說，早安。

幾乎同一時間，司機也回應說了，早安。

小男孩又對牆面投擲了幾次球，幾乎都命中染黑的羊頭。牆上的黑頭羊將球反彈到地面。幾次跳動，球又滾回到小男孩的棒球手套。

「一個人投球？」他突然開口了。

「不是啊，」小男孩用力投中了牠的左眼，「我跟那隻羊一起練習。」

司機仰頭看民宿的屋頂。太陽有點刺眼。短角羊沒有停在斜瓦屋簷上。

小男孩停下投球練習，對他說，「你要不要檢查一下牆角？」

司機惺忪的臉堆積著疑惑。小男孩反覆把球丟入手套，走近水泥牆邊，指著外牆與地面接觸的地角。那裡，有東西移動之後的摩擦痕跡。在這幾公分的地面，有粗細不等的紅磚粉末，有被壓爛的新鮮青苔，有被房屋地基吸入的短草，還有一隻被輾斷成兩半的蚯蚓，一截無頭一截無尾假死在地上。等小男孩一碰到其中半邊，斷裂的兩半身都混亂捲曲彈跳，彷彿它們還連身一起，都能感覺彼此。

「就像我跟你說的，房子又往下滑了。」小男孩說。

司機起身，後退了兩步。

「反正最後一定會掉到海裡，所以就不用擔心了。」小男孩一臉篤定，又回到練習投球的距離點上，反覆練習投擲，用一顆顆的球印，將羊頭圖案染得更黑。

「這樣丟球，會讓房子滑得更快嗎？」司機忽然提問。

小男孩愣住，姿勢僵著彆扭好一會，才回答，「你嚇到我了。」

司機露出更擔憂的表情。

小男孩轉變語氣問說，「你會玩棒球嗎？」

司機沒有回應，走向汽車，打開後車廂，不確定要拿什麼。他整理了滑出的幾本書和雜誌，撿起拋棄式的內衣褲的空包裝，才想起來，很多年前，曾經在後車廂的紙箱裡，壓著一個棒球手套和一顆棒球。棒球和手套都不在了，很久以前，司機已經把它們收納在車庫臥房的雜物櫃裡。

小男孩持續對牆投球，他關上後車廂，看看停車區，只有另一輛中古休旅車，也打開著後車廂，裝著兩個小紙箱的蔬菜水果和一些瓶裝軟性飲料。他沒有按下汽車中控鎖，走到中古休旅車，左手右手環抱起那兩紙箱的蔬果，往民宿的大門走去。

小男孩從牆面黑頭羊的強力反彈中，接回棒球，又開口問說，「你喜歡投球練習嗎？」

司機煞住腳步，身體順著反作用力，點了一次頭。

小男孩臉上有些羞澀，迅速又篤定問說，「那你有棒球手套嗎？」

他看著小男孩，先點頭才說，「不過不在身邊。」

小男孩這會笑開了嘴，「沒關係，那我等你拿手套，我們再來練習投球接球。」

司機微微用力，點了頭。

小男孩支支吾吾，「那我們算是約定，對吧？」

他清楚聽見小男孩的詢問，也聽見自己耳洞深處允諾的共鳴。

走回屋內，他把兩箱蔬果放在櫃檯上，沒有直接搬進廚房，輕手按響了一次服務鈴。那銀亮的小鐘，發出一聲微弱的清脆。幾乎同時，一聲羊的呼叫從後院傳來。

司機一進入後院，就先蹲下身觀察這一面的牆角。有一些草皮被壓過，彎出平行的身體。有一些厚實的青苔，連著根土一起被推擠隆起。還有幾叢自行蔓生的迷迭香，剛好被房屋地基吃入一半，躺成綠盈盈的葉屍，綻開著細碎的紫花。

「怎麼了，發現什麼嗎？」民宿女主人問。

「房子……好像移動了。」司機說。

女主人穿著另一件與海面同樣顏色的連身裙，頭上戴著芋葉大小的軟草帽。衣料的蕾絲滾邊，在陽光裡誘來不刺眼的粼粼碎亮。她拍拂工作手套上的麻繩纖維，聳聳肩，無奈微笑，「也不知道為什麼，就是一直慢慢往下滑。房子本來在現在你停車的位置，這些年一點一點往下滑。不管做什麼，都沒有辦法……」

他立即想到，小男孩投球的那塊空地，草皮生長困難，東禿一塊西禿一塊。

女主人則指著那棵粗壯的矮樹，輕聲說，「只剩下我一個人了。能做的不多，只能盡量多綁一些繩子。」

司機仔細觀察那些麻繩。它們緊緊綁在矮樹與民宿後院的屋簷之間，一根兩根數根，有如琴弦。屋簷接連房屋結構牆，順下接連的是基地墩。一條條粗細不等的麻繩，在樹與屋之間，並列交織成一條傾斜的帶子。他目測後院外頭懸崖的距離，隱隱擔憂，如果持續往下滑，撞毀柵欄，靠這些麻繩，足夠懸掛住一整棟房屋？如果真的懸掛住了，那接下來怎麼辦？

想著這些事時，短角羊出現在屋頂。牠持續咀嚼。一截青草被凸齒壓平，慢慢捲入尖尖的羊嘴。羊踩過屋脊，一個蹬跳，輕盈落在屋簷頂角，生氣勃勃揮舞前肢單蹄，直接走上半空中的麻繩帶子。海風吹來一把把的弓，麻繩弦先拉出幾種顫音，再呼出鬼魅之間的對話。這旋律吹起短角羊身上那些蓬鬆的、捲曲打結的灰雲毛，讓整頭羊失去重量感，似飄似浮，落在麻繩帶子上。短角羊每往前踩一步，落蹄的那根麻繩就向下繃得更緊一些。牠踩落不同粗細的麻繩，移動到不同緊度的距離點，整個後院就會發出或深或淺的海洋話語。

短角羊踩完一整段聽不懂的神祕語音，走近那棵成年男人無法環抱的矮樹，跳上中粗的橫幹。司機這才留意到，矮樹上有幾片夾板釘出來的樹屋基面，讓短角羊穩穩站定在枝椏葉叢裡。

「樹上有平台。」他說。

「那裡，本來要蓋樹屋的。」女主人說。

「蓋給妳的孩子……他在停車場練習投球。」

「小男孩不是我兒子。」女主人回話。

司機停下話，稍稍抿嘴，不再說話。

「是一對房客夫妻的小孩。他們離開的時候，沒有帶他走。他就一直留在這裡。已經很久了，久得我都忘記有多久了。」

很久了……他在吹過的海風裡，呢喃著女主人的話，「那他來這裡的時候，多大了？」

「跟現在差不多。」

司機想著小男孩稚嫩的臉與瘦小身體。

「這些年，小男孩的樣子，一直停在他剛來的時候。一開始以為，天天在一起，所以才沒發現。過了好多年之後，我才突然意識到，他的身高、體重、長相都沒有變。好像是在賭氣，就不長大了。不過這樣停下來，並不好，你覺得是不是？」

他不再接話回答，也默唸提醒自己，好的司機，不用說話。

「你好像很少說話……」女主人抖了一下裙襬。

司機沒有回應女主人，視線尋找著樹上的羊，順著那短角羊蹬上更高的另一塊夾板平台。司機意識到，必須開口說點什麼。

「那隻羊，會不會掉下來？」他選擇問問題。

「牠還沒有，不過其他的羊，在那天晚上之後，都陸陸續續掉下來了。」

女主人看著懸崖後方那片海洋，緩緩描述。

那時候，這家民宿都還沒開張，連名字都還沒有決定。就在那時候的某一天晚上，異常劇烈的哽咽趁著她入睡的時候，爬上懸崖，帶有鹹味的風在後院破碎，把草皮鋪滿了發亮的哭聲。

隔天，一艘近海作業的漁船觸礁翻船的消息，由即時新聞報導出來。只是一日新聞，之後沒有追蹤報導。依循附近老漁村的傳統戒律，船難之後幾天，不會有人走到懸崖下方的沙礫海岸，偷偷撿拾漂流木。入夜之前的傍晚，她執意要丈夫陪同，從外頭岔路口的險降坡，一起到沙礫海岸去散步。遠處深洋底部的哭聲已經停止，海風的力氣也虛弱得無法刮疼臉皮耳骨，只有試著靠岸的新生浪頭，還有大大小小的不滿，撞上錯落的岩礁。粗細不一的光滑木幹，在潮汐線前後躺成各類動物的屍體。

那是中槍的山羌。那是張開翅膀的僵硬蝙蝠。那些是珊瑚的脊椎。還有幾根，組合在一起，就是地震之後從深海逃出來的怪魚……她與丈夫踩著鵝卵石，約定好遊戲項目，輪流描述腳邊或是不遠處的漂流木。

她拉緊披肩，雙手壓著下腹說，已經沒有了。

丈夫在一根粗幹的漂流木上晃了一下，沒有立即回應，從這塊石頭跳到另一塊石頭，試著尋找另一支可能像似什麼的漂流木屍骨。好一會後，丈夫才指向一支漂流木，要她看，還大聲喊說，還有呢……從這個角度看，那是一隻被剃光羊毛的羊。

「羊，就是在這時候，從海裡走出來的。」女主人篤定地告訴司機。

牠們一隻接著一隻，從湧過來的矮浪鑽出毛茸茸的頭。有些頭上頂著短角，有些頭上頂著兩隻短耳朵。羊群抖落頭部的海水，在潮汐帶上橫向列隊展開。牠們沒有立即走上沙礫海岸，直到找到漂流木，才趁著下一波年輕的浪頭，推送圓滾滾的潮濕身體，縱身跳躍到木幹上。羊群一站穩，從頭身顫抖到短尾巴，把海水飛散，把垂頭喪氣的濕羊毛，抖出蓬鬆的厚度，讓一隻隻的羊身看起來像是剛箍好的橡木桶。

有一隻羊移動了，羊群就開始跳上青苔覆蓋的青綠岩石，或是小心踩著被壓扁的利樂包、鋁合金禮盒蓋、塑膠包裝袋……描述到這，女主人邀請司機坐落在矮樹旁的室外篷椅，看著樹上的羊說，「牠們好像就是不願意踩在地面上。」

她請丈夫趕緊跑回民宿，把臥房那些毛巾、地墊，還有床包被單，全都抱來岸邊，一一鋪在地面。羊群才從漂流木或是垃圾上，接續跳到這些潔白的棉布。他們學著漁村的老漁民那樣，用一截截圓木當滾軸輪把壞掉的小船拖回船塢，一塊床單接另一塊枕頭套，讓一隻隻的羊離開沙礫海岸，跳上了陡坡，踩步回到崖上的住屋。

「一共有七隻羊。」女主人說。

之後，羊群全都跳上休旅車車頂，跳上屋頂，也爬上室外桌椅和矮樹上的樹屋平台。羊，怎麼樣都不願意下來地面。她與丈夫只好開始綁一些麻繩，做滑輪軌道，方便把乾淨的飲水和青草送到比較高的地方。

司機再看一眼樹上的羊。牠靜靜站直腳蹄，沒有移動，繼續咀嚼著不知哪來的青草。他快速環視一圈民宿屋頂，和遠一點的另外幾張室外桌椅。

七隻嗎？他疑惑著。

「只剩下這隻，其他的羊，都掉下來了。」女主人繼續說著。

有一晚，她與丈夫被一種巨大的摔落聲吵醒。他們跑出屋外查看。一隻羊從屋簷上掉到地面。是睡著了。羊掉到地面之後，看不出哪裡摔傷，四肢沒有骨折，眼珠還水溜溜轉動，也有呼吸，就是完全靜止不動。接下來幾天，摔落的羊像是賭氣，不吃也不喝，死樣的玻璃眼珠也不轉不看，最後連胸腔都慢慢靜止下來，放棄了呼吸。這幾年來，雖然她請丈夫釘出更寬的屋簷，也在窗櫺外搭建出水泥舌台，讓羊群不小心落入熟睡，也有寬敞斜身躺平的空間。但羊群還是在不同的季節，摔落地面，摔成岸邊那些已經完全乾燥的漂流木，永遠靜止成羊的形狀。

為什麼？她問過丈夫這個問題。

好幾天之後，她丈夫才回答，可能是上岸之後的時間到了。

她不能接受這個答案。又隔了好幾天，他們再到沙礫海灘散步時，丈夫看著無風靜止的海面，才又給了另外一個回答。

羊也有自己想去的地方吧……

「不知道為什麼，我接受了這樣的解釋。」女主人說。

後院的海風緩和下來，但並沒有沉默。

「那其他的羊，現在在哪裡？」司機說。

「牠們這麼討厭地面，我們決定把那些摔到地上、靜止不動的羊，掛在那邊的懸崖。」

懸崖底部深處，這時拍擊大量的浪潮，滾上來一聲聲似喊似叫的羊哭聲。司機探看不遠處的懸崖邊緣，發現了一根根釘入硬地的岩釘。越是凝視，它們就越巨大，就連圓環處綁著的粗麻繩毛躁纖維，他都可以清楚看見。

「昨天妳說，現在只有妳一個人，經營這家民宿。」

「是的，我先生不久之前，也走了。留下我跟這隻羊。」

司機有點慌張道歉之後，馬上又抿緊嘴唇。

女主人微微笑著說，「我先生一直都不會選時間，民宿的名片都印完，才悄悄走了。」

司機拿出皮夾，從夾層中抽出那張對折的名片，遞給女主人。

她驚訝看著那張名片，追問司機，「這是我們的名片，你從哪裡拿到的？」

「一個便當盒裡……我不知道怎麼解釋才好。」司機說。

「沒關係……後來，民宿真的開始接旅客，我擔心忙不過來，一直沒有用那幾盒名片，我也不記得給過誰名片……」女主人落入記憶，但只能輕輕左右擺頭。樹上的羊，叫了一聲，以頭上的短角摩擦矮樹莖幹。微弱的撞擊，把藏在樹心裡的回憶，透過葉子的毛細孔呼吸吐出。

「試營運的時候，給過一位老太太，她好像是……」她語帶驚訝，又遇上記憶的斷裂處。

「一位教鋼琴的音樂老師？」司機說。

「對，是一位鋼琴老師，你怎麼知道？」

「名片是鋼琴老師給我的。」

「這樣就可能是同一位老師，真巧……」

司機試著回想，但卻無法記起鋼琴老師的臉。

「剛開始試營運的時候，我一個人，都不知道民宿能不能撐下來。」

她自己一個人走的。司機只能想起那位鋼琴老師年老的語音。

他想到了問題，「那妳知道……妳先生去哪裡了？」

「小男孩到現在都還一直問我，他父母去哪裡了……」女主人微笑了，但沒有笑出聲，等待海風吹走不少落葉之後，她才補上一句，「我不知道。可能，他們都有自己想去的地方吧。」

司機再次眺望籬笆圍欄外頭、種在懸崖邊緣的岩釘。一根、兩根、三根……算數到第四根，女主人突然開口說話，問他，「住在二〇一的女孩，是不是你要找的人？」

司機回頭過來，支支吾吾，「我沒有去敲她的門。」

女主人將兩人的視線牽引到二樓邊角那個緊閉著的窗戶，「她來之後的這幾天，都沒有出門。只有在晚上，才會偶爾打開窗戶看海……你應該主動去敲門，直接問問才對。」

我只是司機……他想這麼說，卻一個字也沒說出口。

「那女孩沒說要住多久，你準備住多久呢？」女主人問。

他想著，輕輕搖頭，發現樹上的羊正在看他，隨意說，「我還有存款。」

「不是錢的問題，我也不擔心你有沒有錢。如果二〇一的房客是你要找的女孩，那就還好。如果不是呢？你打算怎麼辦？接下來，要去哪裡？還是要回去哪裡呢？」女主人一連追問了幾個問題。

「妳覺得……」

話頭被風切斷。其餘的話，也被海的鹽分醃漬在喉嚨深處。司機落入沉默，停了許久許久，還是說不出口……我是一個司機。

「沒關係，忘了我剛才問的事，」女主人露出舒服的笑容，「不管怎麼樣，肚子總是會餓的，我去準備吃的。」

一陣陣強而有力的風弓從海洋深處吹來，拉扯麻繩帶子不停地嗡嗡振動。

入夜後的晚餐，司機和小男孩並列坐著，各自一桌。女主人在櫃檯裡，記錄著日常生活的明細。當天花板落下羊蹄的走踏聲響，她就走到後院，使用滑輪軌把一桶乾淨的青草運送到某個二樓的窗戶舌台。

晚餐的主食是嫩煎羊排。司機嚼著剛切下來的一塊羊肉，透過玻璃牆觀看後院。女主人正在收折戶外桌椅的遮陽傘，避開入夜後看不見的海風。

「你喜歡這裡嗎？」小男孩切著大塊羊肉。

司機點點頭。

小男孩笑開了說，「那她有問你，喜不喜歡民宿的名字？」

司機一臉疑惑。

「沒有嗎？海羊民宿。大海的海……」小男孩透過落地玻璃牆探看後院的那棵矮樹，「樹上那隻羊的羊。海羊民宿，你喜歡這個名字嗎？」

司機點點頭。

「我也是。因為你來了，晚餐才有我最喜歡的羊排。」小男孩用力把一塊厚厚的羊肉塞滿嘴巴。

「你有見過二〇一的房客嗎？」司機主動問了，「年級應該比你大一些，是個女孩。」

「她是你的誰？」

「我也不確定……」

小男孩嘴裡鼓著沒咬爛的羊肉，一句接不穩下一句說著。女孩住進來的時候，他沒有看見她。之後，她就沒有出門。小男孩幫忙送餐點過去，她也不會開門，都是等他走了之後，她才偷偷開門把餐盤端進房裡。送下一餐的時候，上一餐吃剩的碗盤湯匙筷子，就擺在門外的小牆桌上。

「現在這裡只有你們兩個房客，為什麼不去敲她的門，問問看就知道了。」

司機看著厚肉羊排，切下大塊肉，一口接一口，幾乎只嚼幾口就吞嚥。快速吃完羊排，他沒吃周邊的馬鈴薯泥和配菜，擱下刀叉，留下一旁不知發生什麼事的男孩，一路快步上二樓，直接走到二〇一號房門口。

剛剛小男孩送上來的羊排，已經被端入房間。司機站立在門口，就可以清楚聽見尖銳的硬物，踩落木地板的聲響。初聽，會誤以為是羊在走路。但細細分辨，就可以聽得出來，落腳聲不是短拍子的四隻腳，那是兩雙腿踩著高跟鞋才能走出來的節奏。司機在心底反問，如果那隻短角羊的前腳，又趴伏在女孩背上，會不會因此踩出人的步伐聲音？

在想像越來越清晰之前，他敲門了。跟鞋也好，羊蹄也好，二〇一號房在這一瞬間，落入寂靜。停在半空的手，再次敲門，但司機還是沒有說話。然後，他聽見一聲、兩聲、三聲……就第四步，聲音停止。有人站在房門的另外一邊，和他一樣，沒有說話。

不知停了多久，他以剛好可以把聲音送入門縫的氣力說話，「是我……我是司機。」

門內，傳來了一次踩腳聲，之後又回到完全的寂靜。

「我試著說話，問妳……如果是，妳就踩一次腳，可以嗎？」

過了好一會，房裡才發出一聲跺腳聲。

「妳不想回家？」他問。

一聲。

「需要我繼續在這裡等嗎？」

一聲。

「妳打算離開這裡嗎？」

一聲。

「那是什麼時候？要去哪裡？」

司機提問得有些著急，二〇一房卻久久都沒有發出聲響。連光腳丫走路、腳掌底肉撲撲啪啪的聲音都沒有。沉默太久了。他只好接連問說，要不要打電話回去跟老闆夫人說一聲？通知女傭莉莉？就快開學了，怎麼辦？要通知大學音樂系嗎？……問到最後，他只是覺得應該說話，為了說點什麼，就連鋼琴老師給他便當、而便當盒有民宿名片的事，也都說了。

司機說了這些問題，換得的是更久的無聲死寂。安靜得太久，讓他不能確定，住在房間裡的女孩身分。

他又說了一次，「是我。我是司機。」

這時門內又回應了一次踩落鞋跟的尖銳聲。

「……需要我，開車載妳，去哪裡嗎？」

一聲、兩聲。三聲。四聲、五聲……尖重物踩踏的聲音。有些是鞋跟、有些是羊蹄，都以碎浪的數量，洶湧拍入司機的耳洞。有些從房間裡傳來，有些從天花板落下，有些甚至是從隔間牆和木門的喇叭鎖鑰匙孔傳來，令他無法判斷音源究竟從哪來；也無法分辨，哪些是人、哪些是羊，哪些可能是站成人形的羊。

在音源雜沓的縫隙，他雙手按在門板，用力說出，「去哪裡都可以……」

所有的鞋跟或硬蹄，幾乎在同一時間，停止踩踏。

他感覺到有力量，像手，從門的另外一面，施力過來。伴隨而來的，還有清晰的呼吸聲。

「去你想去的地方吧……」門後的人突然說話。

這傳來的話語和聲音，讓司機驚訝得縮回貼門的雙手，後退兩步。

那是已經很老很老的女人沙啞嗓音，有種撫摸漂流木表面的熟悉感覺，卻又遙遠得失去距離感。是司機曾經記得的人，但不是他每天接送的老闆女兒。之後，門後踩踏出怪異的步伐，像某一種舞步，也像盲人找不到東西的摸索。他無法分辨門後頭走動的，究竟是鞋跟還是蹄，究竟只有人，還是也有羊。

去你想去的地方吧……司機充滿困惑，走往二〇二號。當他握著房門喇叭鎖時，漫溢出少有的奇異挫折感。

一推開門，他發現，門後並不是海羊民宿的二〇二號房，而是老闆大宅邊的車庫臥房。從當司機那天開始，他就住在那裡。母親離開後，他也一直住在那裡。他坐在床緣，手掌心還留有剛洗去機油那種同時乾澀又潤滑的觸感。掌心的繭還在，硬角質已經變薄許多。他躺臥床鋪，硬刺的彈簧擠壓他的背。這微微的不適，讓他安心。才剛瞇眼，就有人敲門。他揉開淺眼的眼皮，恍惚起身開門。是女傭莉莉。但門外並不是接連的車庫，是海羊旅館的二樓通道。門內這邊確實是車庫臥室。莉莉進來之後，他回身看一眼那個收藏棒球與手套的雜物櫃，想到小男孩與他的約定。

莉莉牽起他的手，走往床鋪。她光裸著腳，無聲走著，輕質睡衣的下襬蕾絲，隨著交錯移動的大腿，搖曳著微弱的風……這一幕，他記得曾經預見。莉莉引他躺臥在床上，沒有引起彈簧注意，跨坐在他身上。莉莉沒有吻他，雙手搭在他的胸口，輕輕蠕動著。他是靜止的岸，她是一波波靠近過來的浪。在那張開的胯下與小腹的肚皮之間，沖刷出潮汐線，有大量的藻類在那裡雜交。在一道比較高的浪身滾過之後，他注意到半掩窗外，由院子路燈倒映出一顆頭。因為背光，他看不見黑色頭顱的五官，但那微微蓬鬆的捲髮，可以推知窗外的是老闆的女兒。

司機靜止身體、任由海浪來回波動，有點擔憂，窗外會是民宿的二樓嗎？站在那個由窗櫺延伸出去的水泥舌台，是否安全？

莉莉背向窗戶，無法看見。她很快就濕潤了，壓抑著呼吸的速度，以手引誘他游入潮濕的深處。司機不看女傭莉莉，撇開頭專心凝視著窗外的那顆黑頭。窗外的她沒有移動，他也沒有出聲，只是緩緩的配合浪的縱波橫波，反覆與上下。進入的時間並不長，在一次快要滑出的瞬間，一波波快速與微弱的喘息，讓他抽搐和痙攣。

他試著緩和呼吸，就像已經知道如何當個稱職的司機那樣，沒有說話。莉莉趴伏在他胸口，微笑並小聲說，沒關係的……我答應你母親了。他微微瞇上眼，感覺有風從半掩窗外溜進房內，有淡淡的鹹味，引起沒有顏色的涼爽，再把莉莉的最後一句話——別擔心，醒來之後，都會沒事的——循環捲出那沒有關上的玻璃窗外。

一早，司機在海羊民宿的二〇二號房醒來。他先是淋浴，讓身體也醒過來。穿上那套開車時的簡單套裝，他試著打開手機開關，但沒有電了，充電器留在車上。環視房間，沒有更多東西屬於他，需要一位司機收拾打包。

司機走到民宿一樓，走一圈櫃檯、餐廳、廚房、休息室和倉庫工具間，都沒有看見女主人。他走到後院，也沒看見她。有點哽咽的海風，吹動矮樹與房屋之間的麻繩帶子，拉出比較低沉的哭訴。他走到那片靠近懸崖的籬笆柵欄。柵欄只到他的心口高度，不用踮腳就可以看見地面上扎實的岩釘，露出小圈小圈的黑鐵圓環。那上頭綁著比拇指粗的麻繩，向懸崖下方看不見的空中，緊緊拉繃成弦，懸掛著重物。

司機瞄眼過去，一根、兩根、三根……一根根算數到七。

浪的哭聲這時使勁攀上懸崖，海風吹著他回身探看那隻短角羊。羊不在矮樹上，不在室外桌椅上，也沒有靜止在後院這一面的哪個屋頂飛簷、或是窗檯的水泥舌台上。

司機拍拍褲袋，汽車鑰匙圈還在那。他繞過一面牆似的一字長型民宿，仰著頭走到前院的停車場查看。短角羊也沒有在面向陸地這邊的屋簷平台上。他一低頭，才發現停車場牆面上的那隻黑頭羊，以及靠在牠平面身軀上的小男孩。

小男孩換了一件新的連身帽衫，戴著手套，皮革掌心夾著那顆髒了的棒球。

「在找羊嗎？」小男孩說。

「女主人……出門了嗎？」司機問完話，回頭看，那輛中古休旅車還停在老位置，後車廂蓋也緊緊關閉著。

「我早上起來之後，就沒看見她了。」

「……早上有看到羊嗎？」司機問。

「羊也不見了。一整個早上都沒有看到，也不知道牠跑去哪裡。」

「有掉下來嗎？」

小男孩先是愣住，好一會後才學大人老成地皺眉頭，聳聳肩，「昨晚海風很強，應該是躲到二樓上面的閣樓……」

司機回想，從醒來、淋浴到離開二〇二號房，都沒有聽見天花板上傳來羊的腳蹄聲。他摸出褲子的汽車鑰匙，遙控電子鎖打開車門，坐進駕駛座，習慣性地立即按下中控鎖。

小男孩的頭身突然出現在旁，敲打車窗。他心頭緊了一下，想到只付了女主人第一晚的住宿費。

「你要走了……回去嗎？」小男孩一臉失落。

司機盯著小男孩手中的棒球手套，回想自己衝動坐進車裡的原因。

「你是要回去，拿棒球手套嗎？」小男孩羞澀問。

司機握緊掌心的車鑰匙，掐出了一點點痛的感覺，才重重點一次頭回應。

「那我哪裡也不去，」小男孩的笑嘴，把眼睛擠成一條細細毛線，「在這裡，等你回來，我們一起練習接棒球。」

司機沒有再回話，啟動引擎，看一眼民宿的大門沒有打開，也沒有人或是羊，從後院繞走出現。

汽車駛離停車場，開上連外的小碎石子路。就在快要經過通往沙礫海岸的險降坡岔路口時，迎面而來一輛有點眼熟的火紅跑車，在有羊形標誌的路牌旁停下車。司機刻意放緩行駛的速度。跑車的車門打開了，一個年輕女人下車，是她，依舊穿著同樣款式的牛仔短褲，露出兩條漂亮白皙的長腿。駕駛座的門沒有打開——那被撞飛的紅車門還沒有裝上。那個挺著啤酒肚的胖男人，直接跨出那道中空的車門。

「怎麼樣，是這裡嗎？」胖男人喊說。

「可能吧。」年輕女人看著羊的招牌說。

「可能？」胖男人一臉無奈放開了嗓聲，「這幾天，跑了那麼多地方，妳究竟想去哪裡？我的車門都還沒去裝呢……」

司機緩緩滑過跑車側邊的時候，那年輕女人重重甩了車門，逕自往險降坡走下去，氣呼呼說，「那你可以先回去，回去裝你的車門。」

「我只是想知道，妳究竟想要去哪裡，妳不說，我們就這樣轉來轉去，我怎麼知道要載妳去哪裡？」胖男人說。

「去我想去的地方……不行嗎？」年輕女人說。

司機聽到這句話，突然緊急煞車。車輪在碎石子路面打滑了一小段，停在小路邊。引擎在空檔裡，穩定運轉。這時，年輕女人突然從險降坡走回頭，出現在司機的後視鏡裡，向他快跑過來。一到車邊，立即打開後車門，一屁股坐落，兩條長腿一縮，就把門關上。

「你可以載我離開這裡嗎？」年輕女人對司機說。

「我……只是司機。」

「那更好，載我離開這裡，我付你錢。」

胖男人走近，但沒有真的靠到車旁。他雙手扠腰說，「妳幹嘛呢？」問話被擋在車外頭，壓得很低沉。

「麻煩你，快開車走，好嗎？」年輕女人說。

「要去哪裡？」

「去哪裡都好。」

「妳……要去哪裡？」司機語氣沉重，再問了一次。

「去你想去的地方。趕緊離開這裡就是了。」

司機聽到指示，手自然地排檔到前進，煞車一鬆腳，車子就往前駛進。胖男人在原地跺腳，但沒有追上來。年輕女人躲在後視鏡角落，整個身體沉入椅墊，看著車窗外，什麼話都沒再多說。

司機以理想的速度在碎石子小路上駕駛。接連主要幹道的岔路口，已經出現在擋風玻璃，就在不遠的前方。

左轉還是右轉？他想著，……去想去的地方。

「這幾天，妳有見過……」司機突然開口，又想到自己沒有老闆女兒的照片。他的話一停住，車子也停住，完全熄火，以自然向前的慣性往前滑行。

「怎麼了？不會沒油了吧？」

年輕女人一提醒，司機馬上查看油表。那根指針不知何時擱淺在刻度底部，怎麼敲面板，都完全靜止不動。汽車被陸地來的風阻擋，停在有羊形箭頭指示標誌的旁邊。

「不會吧，真的沒油了？你不是司機嗎？怎麼會不知道汽油沒了？開車前，都沒有檢查嗎……」

年輕女人一連幾個質問，像遠方的海浪，一波波拍打司機的耳膜。他把車鑰匙切到熄火，但沒有拔下鑰匙圈。打開車門離車之後，他就沿著公路的路邊白線走，沒有回頭。

不能停下來，站著不動，要試著從這裡移動到某個地方……他這麼想。

司機加快了腳步。等後頭傳來年輕女人追問他要去哪裡的聲浪，他開始跑起來，一開始只是加大步伐，等聲浪再來，就加速快跑。在身體一波波推進的某個空檔，司機往後撇頭，看了一眼，岔路口上的羊形箭頭標誌，依舊靜止在那裡。

假面昆蟲物語

假面昆蟲物語

這間酒館不只小，快六十年的屋齡，木樑已經坍塌過兩次。酒館的地坪約莫五、六坪大小。一樓加上勉強用簡單鋼骨撐起來釘夾板的二樓，加起來就四張桌子和一個吧檯，沒有更多空間。小酒館後頭連接這區的一間小廟，還供養著幾位無名神祇。小酒館的後牆也是小廟的背牆，老紅磚連石桌台，石桌台連上那些無名神祇的基座，似血與骨。小酒館與小廟一起坐落在周邊高樓大廈圍繞的畸零地，也都在不知哪年的搭造改建時，占用了少量的公有地。幾年前，市政府原本計劃要遷移小廟，住在周邊還活著的十多戶老人，用剩餘的命來守護小廟，負責拆遷的工程處基於信仰考量，不敢貿然拆移。如果要拆小酒館，一動工小廟的背也會刮掉。小廟被留下來了，這間小酒館也連帶活下來。

小酒館開始營業到現在，八年了。就這樣躲在一輛車勉強滑過的巷弄裡，夾在另外兩棟同樣可以廢棄的老房子之間，像是縫隙的小地方，賣酒維生，就連蟑螂都覺得有些擠。

「以前有一位朋友，我都叫他蟑螂，老嫌我這酒館真小，擠得連蟑螂都會不耐煩……他說嫌擠的蟑螂，真的就是他自己。」

只要遇上初次造訪的酒客說酒館真小，白髮均勻的老闆，都這樣開玩笑。

從掛上小霓虹燈開始到現在，一連八年的四月的這一天，那道貼著小毛玻璃的門板外，就會掛上——年度公休日。今天，是年度公休日。每年的這一天，老闆還是會在固定開店的前一個小時，掛上手製的年度公休日牌子，再走回到小吧檯，點著菸抽，等著巷弄的路燈在微亮裡，慢慢睜眼發黃。

老闆一根接一根，腳邊卻沒有菸屁股。再幾分鐘就到開店時間，他確定手錶有自動上鏈，時間沒有忒快或慢，才把手中的菸屁股彈進洗杯槽，引水沖走。他從抽屜裡拿出那個金龜子面具，拍去灰塵，用濕抹布擦拭，以舒服的鬆緊度戴上金龜子面具。他剛調整好面具服貼鼻頭，門就被打開了。年度公休日的牌子，撞開了毛玻璃的嘴。開店時間之前，幾個路人在窗戶外張望，但沒有人讓門說話。進門的人，肩寬個頭高，因為老門是矮子，縮短了他一截脖子。這一縮，讓他臉上的瓢蟲面具顯得特別小。

「你還是瓢蟲啊？沒創意。」

「你不是跟之前一樣。」

「跟以前一樣，然後，又一年了。」

「……不知道其他人，怎麼樣？」

瓢蟲的問題剛說完，年度公休日的牌子又撞了毛玻璃的嘴，「我還活著。」進門說話的客人，戴著螞蟻面具。撐著啤酒肚的他，撥弄頭緣上兩根細細的觸鬚，「今年我比去年快。」

「還是螞蟻面具。」瓢蟲說。

「又一個沒創意的。」吧檯裡的老闆轉身，在牆面橫架上，邊找音樂邊說，「你今年也一定賺得比去年多吧。」

「螞蟻是比較認命的，」他說著，從側背包裡抽出一瓶酒，重重砸在吧檯上，「這瓶給你配音樂。」

是適合磨喉嚨的全麥威士忌。

「這瓶的話，我就不換音樂了。」

小酒館繼續播放著昨天循環了一整個夜晚的爵士樂。和前天一樣，或許明天也可以是這張專輯。金龜子打開吧檯的水龍頭，鐵器摩擦和水柱碰撞不鏽鋼水槽的聲音，蓋過螞蟻拉動高腳椅的聲音。

螞蟻坐上高腳椅，老闆打開收銀機，勾出一支銀鑰匙，轉身打開後方威士忌與利口酒堆旁的上鎖小壁櫃。那裡頭有幾包銀行零錢布袋，一罐剩下少量深琥珀漿汁的華麗水晶胖肚子酒瓶，以及一紙包裹。

包裹是早期黃土色的牛皮紙袋，受潮成深褐色。為了避免破裂，整個包裹被大尺寸的透明膠帶，工整貼上一層晃皮。那是幾年前，老闆為它做的。他蹲下身，就像最初的那一年，從蟑螂手中接來包裹，在離地幾公分的地方，先抖落一部分浮在包裹上的落灰，再用擰乾的微濕桌布，擦拭透明膠帶的表層。確定把過去一年的塵垢都清乾淨了，老闆把包裹擺在吧檯轉角的尖端位置。就像收到包裹的第二年。放在那裡，不管是誰坐在吧檯的哪個位置，伸個手就可以拿到它。

螞蟻望著包裹，算著它放在這裡一共多少年的這件事。

「這裡開多久，包裹就放在這多久。」

老闆從吧檯頂部的杯架上，拉出一只雞尾酒杯，檢查玻璃上是否有指紋。確定玻璃是完全透明的，又將杯子掛回不鏽鋼的小凹槽，「今天，我們還是繼續等等看？」

瓢蟲搓揉手掌，拂拭吧檯的臉。光滑油亮的原木面頰，抹出一些菸灰，吃進他的手心。他搓揉手心，但瓢蟲面具的臉是固定的，沒有表情。

「這麼久了，說不定是今天。」瓢蟲說。

「我們邊喝邊等吧。」螞蟻說。

「去年的這瓶，還沒有喝完。」老闆說。

「那先喝去年的吧。」

三個杯子，三顆八角冰。一隻昆蟲面具各分一個杯子，放一顆角冰，就把剩餘的去年給倒完了。

「老婆還好嗎？」瓢蟲說。

「還好，是同一個。」螞蟻說。

「還是蟻后。」老闆說。

「已經是蟻后的媽了。」

「真的？什麼時候的事？」

「你們不會真以為，螞蟻不交配吧？」

「誰跟誰要交配？」門又開嘴了，吞進來的是一張蒼蠅面具，「你們不等我就開喝啦。」

「遲到的人還這麼大聲？」螞蟻說。

「金龜子、瓢蟲、螞蟻……大家的梗也用太久了吧。」蒼蠅說。

「你的面具不也是老梗？」

「先坐下來吧……你要坐轉角那邊了。」瓢蟲說。

「那我又要跟蜜蜂坐一起？」

「來晚的，沒得選。」老闆說，「去年的，沒了。你只能喝新的。」

「那先給我一杯特調。」

「那個戴蜜蜂面具的傢伙呢？」

「我這裡這麼小，能藏誰呢？……蒼蠅一來，話就多了。」

老闆說完，打心底微笑，就像他面對每一個客人那樣。只是現在戴著金龜子面具，沒有人看見。

老闆分手抓起霧面的不鏽鋼調酒瓶與伏特加，傾倒酒瓶，讓透明的酒液奔出銀亮的酒嘴。垂直倒酒引出長長的水條、轉動七十五度的細細瓶頸，以及拉引機械打磨拋光的不鏽鋼表面銀線……這類倒酒的姿態與動作，每次都讓蒼蠅墜入無聲。當然，還有抓握瓶頸的粗獷手指。

「手和手的動作，是賣點，也是酒保的特色。」老闆曾經在某個年度公休日，對這些面具說過。

小酒館裡開著冷氣，空蕩蕩的。幾個人擠在吧檯，從外頭帶進來的微熱，還是引出背身黏黏的汗液。不知道從哪一次的年度公休日開始，蒼蠅一定會要求一杯特調，看著只有兩隻手兩隻腳的金龜子，把伏特加倒入調酒瓶，抖進兩三滴苦艾酒，再用小冰鏟挖少許小角冰，合上頂蓋，來回重播雙手臂引動的來回波幅，再過冰瀝去碎冰，把新鮮混合的馬丁尼，倒入沒有指紋印的雞尾酒杯。老闆推出透明玻璃，像是遭遇了微風，透明酒漿的表面試著躲藏。

「今年，要橄欖嗎？」去年、前年、大前年的這一天，老闆都問了蒼蠅相同的問題。

「兩顆吧。」過去幾年的今天，都要了兩顆。

老闆從小冰槽裡拿出進口橄欖，開瓶，夾出兩顆不泛光的墨綠小球，抽出高球杯裡的塑膠小劍，剔除塞在中空橄欖芯裡的醃鮭魚肉。第一次喝特調之後，蒼蠅要橄欖，但不吃塞在裡頭的橘色醃漬鮭魚。而金龜子老闆都故意挑選橘色的塑膠小劍，穿過兩顆失去瞳孔的墨綠色眼珠。

「蒼蠅比例的特調馬丁尼，跟去年一樣。」老闆說。

「跟以前都一樣。」

「昨天，有接到電話嗎？」高大的瓢蟲轉動酒杯。

瓢蟲的問題像是開關，把其他人都切換到靜音軌道上。

昨天。八年前的昨天。年度公休日的前一天。這天的午夜前夕，老闆接到蟑螂的電話，說要送東西過來，要他打烊後，在酒館裡等他。老闆擦完酒瓶，以保鮮膜包裹酒嘴時，這位朋友窸窣爬進酒館。在那天之前，這位朋友只是大家口中的蟑螂，但那天他戴著蟑螂面具，身上連他工作的綠色郵差制服都還沒換掉。

怎麼戴面具？老闆問他。

一位郵局年輕女同事送給他的玩笑禮物。打了賭，要戴著一整天。

已經戴了一整天……送信送包裹？老闆問。

蟑螂點頭。

騎摩托車時，也戴著面具？老闆追問。

戴著蟑螂面具的朋友，已經懂得拿捏點頭的角度，不讓面具移動。

為什麼？

如果戴著一整天，她就當他的女朋友。真的喜歡她，不是賭氣打賭。蟑螂口吻堅定的回應。

老闆了解在這一區當郵差的老朋友，平時不願意多說話，但也不是能夠忍受這種事的人。值得嗎？

戴著蟑螂面具的郵差朋友說，沒有時間了。

他解開郵差制服，拉起內衣，露出不知多久沒有親吻陽光的白皮胸膛。老闆看見蟑螂朋友左胸，有一塊拳頭大小的深褐色硬皮，像似胎記，上頭長滿褐裡泛著黑色光澤的短毛，像是某一種刺針。

沒時間了。朋友說，戴了一整天的面具，已經拿不下來了。胸口這塊似黑似褐的怪異皮膚，也是今天長出來的。

老闆上前，沒有觸摸朋友胸口的那層異皮質，試著要拿下朋友的面具，才發現面具的外緣已經吃進他的臉頰與頭顱，皮膚與肉，甚至是頭髮的肌理，都已經出現傷疤痊癒的肉芽。

真的沒有時間了。蟑螂郵差重複說。

接下來，打算怎麼處理？去醫院？老闆問。

不了，送完今天的最後一件，再看看吧。這位蟑螂郵差，從側背的郵差包裡拿出一個牛皮紙袋包裹，交給老闆說，地址確實是寄到這裡的，但收件人卻不是老闆的名字，他才決定最後送過來給他。

戴面具的約定，讓蟑螂郵差拖到深夜，才決定出門。

包裹是掛號件，需要收件人簽名，怎麼辦？蟑螂郵差這麼說。

老闆接過包裹之後，就一直盯著它看。翻轉幾回，又盯著吃進郵差朋友臉皮的蟑螂面具，許久之後，他才要來收發的簽收簿。

蟑螂動了，從郵差包裡拿出收件人簽收簿，交給老闆，指示欄目。老闆迅速在那空格欄裡，簽落收件人的姓名。隔著蟑螂面具，老闆無法看見朋友的表情，但那兩根短短的塑膠頭鬚，一起倒向同一邊的微動作，他知道蟑螂做為一位郵差的擔憂。

「沒關係……是寄給我的。不管怎麼樣，你今天的工作算是結束了……」

那天，約莫過了凌晨，老闆如此回應郵差朋友。但沉落在吧檯投射燈光裡、其他昆蟲面具後頭的朋友，沒有人聽見這段話。

蟑螂郵差離開小酒館之後，就再沒有出現過。郵局的人說他離職了，那位年輕的女郵務員，說他沒有依約來成為她的男朋友。他最好的幾個朋友，就此時此刻小酒館的這幾位，都知道獨身一人的蟑螂，平時並不特別喜歡說話，更別說交代去處。包裹還是在那裡，像似祭品，供在同一盞黃透的投射燈光下，只是被空氣與濕氣腐蝕得更老而已。

橘色小劍串起的兩顆墨綠色空心橄欖，沉落在雞尾酒杯的透明裡。

波咚。蒼蠅用嘴型發出微弱的共鳴。波咚。

「真不知道，這樣的一個人……是吧？」瓢蟲說。

「這樣一隻不愛講話的蟑螂吧。」蒼蠅說。

「一轉眼，八年，真他媽的時間，什麼都忘了。」螞蟻說。

所有的昆蟲面具都有搖動。不知為何，只有擅長靜止與假死的金龜子，記得八年前那天午夜之前的所有細節——小酒館店外頭的同一盞路燈底下，黃色光織有濕氣過高的導電聲音。一輛警車閃爍的影子不時壓上另一輛警車的影子。有一雙手被手銬牢銬。老闆和住在小廟附近的居民，看著一位二十出頭的男孩，被押進警車。在警車啟動的同時，男孩從車窗裡對外頭一位差不多同年齡的女孩喊說，記得這一天。記得……

這一天。今天。一連八年的今天。小酒館的年度公休日。

那句話，是對那個女孩說的嗎？老闆有一點點動搖，無法全然確定。就像他從沒想像過，八年究竟會是多久。

日子是吧檯上的馬丁尼，在透明杯子裡偷偷減少著透明。

老闆無法想起男孩的長相。他也漸漸無法想起，那位郵差朋友的容貌。時間真的吃掉了蟑螂面具後面的什麼。但只要靜止不動，金龜子就能確定記得，路燈死前的茲喳，警車轉燈的漸漸遠去的鳴響，以及那位蟑螂郵差走出小酒館前的最後一句話。

「包裹你簽收了，你再決定要不要拆吧。」

老闆想起，那女孩微弱的啜泣，聽起來，就像觸摸自己調酒的手心皮，粗糙得會刮落些什麼。他看著手背，皮下的靜脈管將虎口處的表皮，隆成奇異的起伏。接連的幾個皮質小褐斑已經繁殖成原子筆頭大小。另外，這一年來，小手臂上又增加幾個蚊子咬大小的新斑。

瓢蟲和螞蟻碰了杯子，把杯子裡的去年一口喝完。

蒼蠅吃了小劍前頭的第一顆橄欖，又喝去一口冰涼透明的液體時間。這時，金龜子突然伸手拉動面具離開臉皮，調整服貼度，深深吸了一口氣，也深深吐了這口氣。

瓢蟲、螞蟻、蒼蠅，三人也跟著調整臉上的昆蟲，讓面具與皮膚分離。

這時，門被打開。年度公休日的牌子又調戲了毛玻璃。

進門的人，穿著裙子，戴著有點可愛的蜜蜂面具。吧檯周邊的聲音都凝固了。沒有人說話，沒有人問好。這位戴著蜜蜂面具的女人，向大家點頭，然後問吧檯內的老闆，「是坐吧檯嗎？」

金龜子點點頭，耳朵從耳垂到軟骨，燃起類似羞澀的灼燙。用來固定面具的伸縮鬆緊繩，緊緊吃進一些耳後根的皮肉。

小小的酒館裡，現在只剩下那張一直循環播放的旋律，直到戴著蜜蜂面具的女人開口，「蜜蜂先生今年來不了……我代替他過來。」

「妳是蜜蜂的太太？」坐在旁邊的蒼蠅說。

「不，只是女朋友。」

「蜜蜂怎麼了？」

「他之後不能來了……」

「之後？」某隻昆蟲丟出了這個疑問。

「是的。如果你們不反對，之後……由我代替他過來，可以嗎？」

戴著蜜蜂面具的小姐，點著頭。一次又一次，像是不停飛向花蕾，一次一朵，用力點著頭。她沒有發出嗡嗡的振動翅膀聲，從微微顫抖的面具後面，流出忍耐著的短聲啜泣。聽起來，粗糙得可以刮下每一種昆蟲面具。

小酒館裡，所有圍繞吧檯的昆蟲，這時都失去說話的能力。

老闆用力拉扯金龜子面具，鬆弛緊縛耳後根的伸縮繩，伸手取拿包裹，轉身把包裹鎖回牆上的小櫥櫃，透過脖頸的摩擦，發出金龜子的簡單聲調，「等明年吧，明年再來決定要不要拆。」

老闆轉身，戴著金龜子面具，拿了一個玻璃杯，加入大塊的角冰，打開那瓶新的全麥威士忌，倒入那個新杯，推給了戴著可愛蜜蜂面具的女人說，「喝一點吧，這是今年的……」

國家圖書館預行編目資料

烏鴉燒／高翊峰著. --初版. --臺北市：寶瓶文化, 2012.11
面； 公分. --(Island；185)
ISBN 978-986-5896-05-8（平裝）

857.63　　101020156

island 185

烏鴉燒

作者／高翊峰

發行人／張寶琴
社長兼總編輯／朱亞君
主編／張純玲．簡伊玲
編輯／賴逸娟．禹鐘月
美術主編／林慧雯
校對／賴逸娟．劉素芬．陳佩伶．高翊峰
企劃副理／蘇靜玲
業務經理／盧金城
財務主任／歐素琪　業務助理／林裕翔
出版者／寶瓶文化事業有限公司
地址／台北市110信義區基隆路一段180號8樓
電話／(02)27494988　傳真／(02)27495072
郵政劃撥／19446403　寶瓶文化事業有限公司
印刷廠／世和印製企業有限公司
總經銷／大和書報圖書股份有限公司　電話／(02)89902588
地址／台北縣五股工業區五工五路2號　傳真／(02)22997900
E-mail／aquarius@udngroup.com

法律顧問／理律法律事務所陳長文律師、蔣大中律師
如有破損或裝訂錯誤，請寄回本公司更換
著作完成日期／二〇一二年
初版一刷日期／二〇一二年十一月八日

ISBN／978-986-5896-05-8
定價／三〇〇元

寶瓶文化事業

愛書人卡

感謝您熱心的為我們填寫，
對您的意見，我們會認真的加以參考，
希望寶瓶文化推出的每一本書，都能得到您的肯定與永遠的支持。

系列：Island185　**書名：烏鴉燒**

1. 姓名：__________________　性別：□男　□女
2. 生日：_____年_____月_____日
3. 教育程度：□大學以上　□大學　□專科　□高中、高職　□高中職以下
4. 職業：________________
5. 聯絡地址：__________________________________

   聯絡電話：________________　手機：________________
6. E-mail信箱：________________________________

   □同意　□不同意　免費獲得寶瓶文化叢書訊息
7. 購買日期：_____年_____月_____日
8. 您得知本書的管道：□報紙／雜誌　□電視／電台　□親友介紹　□逛書店　□網路

   □傳單／海報　□廣告　□其他
9. 您在哪裡買到本書：□書店，店名____________　□劃撥　□現場活動　□贈書

   □網路購書，網站名稱：______________　□其他____________
10. 對本書的建議：（請填代號　1. 滿意　2. 尚可　3. 再改進，請提供意見）

    內容：____________________________

    封面：____________________________

    編排：____________________________

    其他：____________________________

    綜合意見：______________________________________
11. 希望我們未來出版哪一類的書籍：____________________________

讓文字與書寫的聲音大鳴大放

寶瓶文化事業有限公司

（請沿此虛線剪下）

廣 告 回 函
北區郵政管理局登記
證北台字15345號
免貼郵票

寶瓶文化事業有限公司　收

110台北市信義區基隆路一段180號8樓

8F,180 KEELUNG RD.,SEC.1,

TAIPEI.(110)TAIWAN R.O.C.

（請沿虛線對折後寄回，謝謝）